SEEFAHRT! V
Jeder Seemann ein Artist, ein Schiff, ein ganzer Zirkus.

Das Buch gibt einen weiteren Teil der Lebensgeschichte des Autors wider, niedergeschrieben anhand seiner Erinnerung und seinerzeit entstandenen Aufzeichnungen.

Alle in diesem Buch vorkommenden Personen sind oder waren Personen des wirklichen Lebens. Um ihre Privatsphäre zu schützen, sind die Namen, außer dem des Autors, verändert worden.

Für die Lektoratsarbeit geht mein Dank an Frau *Verena Korinth*.

FRIEDRICH HEINRICH SYNOLD

SEEFAHRT! V

Jeder Seemann ein Artist, ein Schiff, ein ganzer Zirkus.

Eine Sammlung autobiographischer Kurzgeschichten

Quellennachweise:
Das maritime Lexikon, Herr Wesselhöft
www.wesselhoeft.net/Lexikon/Lexikon.htm
Wikipedia – Die freie Enzyklopädie
Seemannsamt Hamburg
Familienarchiv Milbredt
world wide web

Abbildungen:
Umschlaggestaltung: Sophie Schütt
Friedrich Synold Bilder
Rudolf Neumann

Bibliografische Information der Deutschen Nationalbibliothek:
Die Deutsche Nationalbibliothek verzeichnet diese Publikation
in der Deutschen Nationalbibliografie; detaillierte bibliografische
Daten sind im Internet über https://portal.dnb.de/ abrufbar.

© 2020 Friedrich Heinrich Synold
Satz, Herstellung und Verlag:
BoD – Books on Demand, Norderstedt

ISBN: 978-3-7526-3381-8

Inhalt

Vorwort   7

Datenblatt M/V »Schauenburg«   10
Kombi-Schiff »Schauenburg« 1973 / 1974   13
    Biskaya Blackout Europa – Westafrika – Europa

Datenblatt M/V »Hildegard Peters«   26
M/V »Hildegard Peters«
Holzreisen Sommer 1968   29
    Der verlorene Anker
    Rotterdam – Archangelsk – Rotterdam

Datenblatt: M/V »Eleonore«   40
Küstenmotorschiff M/V »Eleonore«
1966 / 1967 kleine Trampschiffahrt   43
    Wecken mit Gummiknüppel   Nord- und Ostsee

Datenblatt: M/V »Terje Vigen«   56
M / V »Terje Vigen«   Fährdienst Ostsee,
Winter Anfang 1975   59
M/V »Terje Vigen«   Winter, Anfang 1975   61
    Arbeitsunfall und Trost
    Fähre im Liniendienst Aarhus – Oslo – Aarhus

Datenblatt: M/V »Hornmeer«   74
M/V »Hornmeer«   Herbst 1970   77
   Früher Arbeitsunfall mit fatalen Folgen
   Linie: Europa – Karibik – Europa

Datenblatt: M/V »Transamerica«   94
M/V »Transamerica« 1971   Linienschiffahrt   97
   Seltsame Gewohnheiten
   Europa/Canada-Große-Seen/Europa

Datenblatt: M/V »Hasselburg«   112
M/V »Hasselburg«   1974 Linienschiffahrt   115
   Richmond, viele Studentinnen
   Antwerpen – Richmond – Antwerpen

Datenblatt M/V »Leverkusen   134
M/V »Leverkusen«, OMNI – Klasse   1976   137
   Eine Stewardess mit Ambitionen
   Liniendienst US-Golf

Nachwort   153

Glossar   154

Vorwort

In diesem Buch erzählt der Autor in mehreren Kurzgeschichten von seinen Erlebnissen, Abenteuern und den verschiedensten Eindrücken auf deutschen Frachtschiffen unter deutscher Flagge, rund um den Globus.

Alle Geschichten sind authentisch. Es wurden vielleicht einige Kleinigkeiten hinzugefügt, aber auf keinen Fall wurde etwas weggelassen.

Combi Frachter »Schauenburg«

Europa – Westafrika – Europa

Datenblatt M/V »Schauenburg«

Eigner:	Seereederei MS »Schauenburg« Kurt Sieh & Co. Hamburg
Bereederung:	H. Schuldt, Hamburg
Unterscheidungssignal:	D G F Y
Heimathafen:	Hamburg
Länge:	142,14 Meter
Breite:	21,57 Meter
Tiefgang:	11,30 / 8,42 Meter
Tonnage Volldecker	
GRT:	9.417 t
NRT:	5.128 t
tdw:	11.618 t
Tonnage Freidecker	
GRT:	5.859 t
NRT:	2.849 t
tdw:	8.800 t
Cont. Stellplätze:	374
Hauptmotor:	HCP / Sulzer 9.900 HP
Geschwindigkeit:	16,5 Knoten
Bauwerft:	Stocnia Szczecinska, im »Adolfa Warskiego«
Stapellauf:	17.02.1973
Indienststellung:	03.10.1973

Verbleib: 22.09.1977 an Palm Line, London, als »Apapa Palm«, 1985 an Vencaribe C.A., La Guaira, als «General Salom«. Am 16.03.1993 an New Orleans und hier wenig später an die Kette gelegt. Im September 1993 über Interessenten aus Dubai versteigert an Mangrove Navigation Co. Ltd. aus Limassol/Mgrs. Orient Express Line Ltd. um in «Orient Challenge«. Neu vermessen nun 9.691 BRZ / 11.618 tdw.. 15.08.99 Abbruchbeginn bei Hariyana Shipbreakers Ltd. in Alang.

Kombi-Schiff »Schauenburg« 1973 / 1974

Biskaya Blackout Europa – Westafrika – Europa

Die *Schauenburg*, ein Dampfer der Reederei H. Schuldt in Hamburg, war ein prachtvolles, nigelnagelneues, vollautomatisches Schiff. Es war hochmodern, so wie es im Jahr 1973 nicht besser sein konnte. Von diesem Typ Schiff wurden in Stettin sechs in Serie gefertigt. Ein Dampfer von dem Hein Seemann, oder in diesem Fall Fiete, immer schon träumte.

Der Dampfer verfügte ausschließlich über Einzelkammern, die sogar mit Telefonen ausgestattet waren. Telefone konnte man streichen, die brauchte kein Mensch.

Es gab eine eigene Nasszelle, mit Dusche, WC und Waschbecken. Die Kammer selbst war sehr schön eingerichtet: Einzelkoje, Tisch, Schrank, jede Menge Schubfächer und eine Couch, die ausziehbar war.

»So viele Klamotten für diesen großzügigen Stauraum hatte bestimmt niemand«, dachte sich Fiete.

Der Löwenanteil der Crew traf sich Ende August 1974 in Hamburg und dann ging es mit dem Bus durch die DDR nach Stettin, Polen. Bei der Fahrt durch die DDR mussten die See Lord sich bei den Grenzkontrollen schon sehr zusammennehmen, um nicht mit den Vopos aneinanderzugeraten. Der Busfahrer hatte vor den Kontrollen sehr nachdrücklich einige ernste Worte gesprochen, die von den Seemännern auch beherzigt wurden.

Der Dampfer lag noch in der Werft *Stocznia Szczecinska* zur Ausrüstung und für abschließende Arbeiten. Außenbords, alle Luken, Bäume, Masten, also das komplette Schiff, außer Schornstein und Aufbauten war rostbraun mit einem leichten Stich ins bordeaux gehende, angestrichen. Die Ladebäume waren alle voll automatische Schwingbäume, bedient wurden sie von einem tragbaren Pult, gesteuert mit einem Joystick. Alle Luken, außer Luke eins, waren Doppelluken und bereits für die Containerfahrt eingerichtet. Die Jungfernfahrt der *Schauenburg* führte von Stettin, durch die Ostsee und Kiel – Kanal, nach Hamburg an die Überseebrücke.

Hier wurde der brandneue Dampfer seinen Geldgebern und der Öffentlichkeit vorgestellt. Schließlich war die *Schauenburg* das erste Schiff, das nach dem zweiten Weltkrieg in die Bundesrepublik Deutschland an einen westdeutschen Reeder ausgeliefert wurde.

Die *Schauenburg* war für die französische Reederei *Delmas* verchartert. Der Schornstein war auch schon überarbeitet und trug die Farben der Reederei *Delmas*: Ein weißes, stilisiertes Ruder auf hellblauem Grund. Die Reederei *Delmas* gab es schon seit 1867, deren Hauptfahrtgebiet schon immer Westafrika war. Der Hauptsitz der Reederei *Delmas* befand sich in Le Havre, in einem der zukünftigen Ladehäfen der *Schauenburg*. Das Fahrtgebiet der *Schauenburg* hieß: Europa –Westafrika.

In dem letzten Ladehafen in Rouen hatten die Jungs noch einmal die Chance auf Landgang und diese nutzten sie dann auch. Rudi, Fiete, Fiete's Kumpel Werner und der Leichtmatrose Rolf, ein schlaksiger Bengel mit schulterlangen, strohblonden Haaren zogen nach dem Abendessen los in die Altstadt von Rouen. Rolf war mit seinen 17 Lenzen schon ein richtiger Schluckspecht, genauer gesagt, er spuckte nie ins Glas. Nachdem die Jungs es sich in einer Kneipe gemütlich gemacht hatten, erschienen auch augenblicklich einige Damen des horizontalen Gewerbes, welche von ihnen aber vorerst geschickt abgewimmelt wurden. Denn sie waren mit ihren Guthaben noch nicht so bestückt, als dass sie fürchterlich auf den Putz hätten hauen können.

Nach einiger Zeit verließen sie geschlossen die Kneipe und zogen weiter, als Rudi ein hübsches, junges Mädel in ihrem Schlepp bemerkte.

Rudi stieß Fiete an und dieser betrachtete sie aus nächster Nähe ganz genau. Sie sah wirklich gut aus, war aber fürchterlich geschminkt, da waren sich die Jungs einig.

Mannomann! So, als hätte jemand die Schminke komplett mit einem Quast in ihrem Gesicht aufgetragen und sie endete abrupt an ihren Kieferknochen – wie abgeschnitten. Darunter war die saubere Haut eines kurzen Halses zu sehen.

Fiete fragte sie, was denn ihr Begehr wäre und sie wies sofort unbeirrt auf Rolf und meinte forsch: »Isch will die blonde schunge Mann!«

»He Rolf, warte mal!«

Fiete versuchte, an Rolf heranzukommen, der daraufhin kurz verharrte.

»He, die kleine Muschi steht wohl auf dich, geh doch mal zu ihr und unterhalte dich ein wenig mit ihr, vielleicht kommst du hier ja noch für *Sympatico* zum Stich!«

Rolf schien schon beinahe entrüstet zu sein, er blickte Fiete genervt an: »Weißt du was, Fiete! Wenn ich poppen will, dann kann ich auch bezahlen!«

Damit hatte sich für ihn nicht nur die Lady, sondern auch die Angelegenheit erledigt.

Tja, auch dieser erste Landgang steuerte dann langsam seinem Ende zu und die Jungs schlenderten zurück an Bord. Sie waren dennoch alle guter Dinge, weil sie genügend Gesprächsstoff hatten. Rolfs ablehnende Aussage gegenüber der blutjungen, hübschen Dame des horizontalen Gewerbes sorgte im Anschluss für allerhand Diskussionen.

Endlich war es soweit: Die *Schauenburg* war voll abgeladen und hatte Rouen, den letzten Ladehafen in Europa, verlassen. Ein Supercargo der Reederei war für die erste Reise auch an Bord. Etliche der Doppelluken waren mit Deckslast belegt wie zum Beispiel auf der Luke drei. Dort standen auf der Backbord Luke einige 20-Fuß-Container. Allerdings standen die Container auf Stauholzbrettern, weil Vorrichtungen für die Containerfüße leider nicht vorhanden waren. Die Container und alle anderen Güter an Deck waren mit kräftigen Drähten und Spannschrauben gelascht. Auf der Steuerbord Luke stand eine stattliche Anzahl brandneuer LKW, die für die Elfenbeinküste bestimmt waren. Die Laschgang in Rouen hatte wirklich gute Arbeit geleistet, das behauptete zumindest ihr Vormann, er hätte nur erstklassige Leute am Start gehabt.

Nachdem die *Schauenburg* endlich den letzten französischen Ladehafen hinter sich gelassen hatte, galt es dann, auch den Rest des englischen Kanals zu bewältigen, was sich für einen so modernen Dampfer als leichte Übung darstellte.

Dann aber stand der *Schauenburg* und ihrer Besatzung die erste wirkliche Bewährungsprobe bevor. Über dem Golf von Biskaya hatte sich ein fettes Tief ausgebreitet und es blieb auch ziemlich stabil. Der Dampfer kämpfte sich bereits den zweiten Tag durch die stürmische Biskaya und ihr Ausgang war bereits zu erahnen. Als am späten Vormittag die Hauptmaschine, eine HPC-Sulzer mit 9.900 Pferdestärken, komplett ausfiel.

BLACKOUT!

Zum Glück war ein Garantie-Ingenieur der polnischen Werft mit an Bord, welcher zu diesem Zeitpunkt alle Hände voll zu tun hatte, um die Maschine wieder zum Laufen zu bringen. Zu Beginn war auch noch alles im Lot, mit dem Kopf auf die See bewegte sich der Frachter träge, stampfend, langsam, aber stetig gegen die Brecher. Als die *Schauenburg* jedoch gar keine Fahrt mehr durchs Wasser machte, wurde es ungemütlich. Denn sie begann sich langsam zu drehen und lag daraufhin quer in der See und begann allmählich zu rollen.

Es war genau zur Mittagszeit, als die Deckscrew in die Mannschaftsmesse drängte. Unterwegs war den Männern die Frau des Chiefs begegnet. Sie wirkte irgendwie aschfahl, wobei das noch untertrieben war, ihr Gesicht war schon eher grünlich. Sie sah nicht mehr so gut, so souverän wie sonst aus.

Und der Dampfer rollte ... 20 Grad ... 25 Grad – zu jeder Seite – und die Rollperiode verlängerte sich langsam aber stetig. Und das Schiff rollte immer stärker. Aus der Kombüse und der Offiziersmesse hörte man nur noch das Bersten von zerschellendem Geschirr. Fiete schoss es durch den Kopf: *»Allmählich muss der Kerl den Hobel aber zum Laufen kriegen, sonst ist hier bald die Kacke am Dampfen. Mannomann!«* Futter gab es trotzdem und er holte sich seinen Schlag und hangelte sich an seinen Platz zurück. Sich an die Back zusetzen und den Teller auf dieser sicher abzustellen, daran war hingegen nicht zu denken.

Keine Chance!!!

Fietes Platz in der Mannschaftsmesse war genau Vorkante, am Bullauge und somit hatte er einen sehr guten Ausblick aufs Deck und die Luken. Da er im Moment nicht sitzen konnte, versuchte er, hinter seiner Sitzgelegenheit die Schiffsbewegungen auszubalancieren, so wie die anderen Jungs es ebenfalls machten. Der Dampfer hatte nun beim Überholen mittlerweile 30 – 35 Grad. Es war, als würde die Rollperiode nie mehr enden. Fiete stand immer noch hinter seinem Stuhl und versuchte krampfhaft, Teller und Besteck in den Händen, alles im Griff zu behalten. Dabei sah er aus den Augenwinkeln auf die Luken und erschrak zutiefst. Just in diesem Moment rollte der Dampfer, so als würde er sich vor den Naturgewalten verneigen, schätzungsweise an die 40 Grad nach Backbord. In der Messe war ein Höllenlärm, aber Fietes Stimme übertönte in diesem Moment alles:

»Leck mich am Arsch!«, entfuhr es ihm: »Leute! Da gehen von Luke drei gerade Container über die Mauer!« Nun drängten noch mehr Crewmitglieder an die Bullaugen der Messe. »Ach du dickes Ei!«, entfuhr es Werner: »Wenn ich das nicht selbst sehen würde, würde ich es nicht glauben.« Die *Schauenburg* hatte inzwischen nach Steuerbord gewechselt und rollte schon wieder zurück nach Backbord. Die Maaten versuchten verzweifelt, irgendwo Halt zu finden und in der Kombüse, so hörte es sich an, ging das letzte heile Geschirr zu Bruch.

Auf Luke drei, Backbordseite rutschten derweil drei wildgewordene Container herum, deren Laschings gebrochen waren. Während der Dampfer zum wiederholten Male stark nach Backbord überholte, bekam er von einem querlaufenden Brecher noch einen hammerharten Schlag vor den Bug. Es sah so aus, als wäre der Ladebaumstützen aus Pappe, so fetzte der wild gewordene Container den Stützen weg, sodass dieser nur noch wie ein defektes, umgekipptes L aussah. Der Container setzte seinen Weg unbeirrt fort, touchierte noch den Schanzdeckel und stürzte daraufhin in die aufgewühlte Biskaya. Er schwamm noch circa eine Minute, bevor er in den Fluten des Golfs versank.

Alle Seelords waren wie erstarrt, während sie auf das verwirrende Schauspiel an Deck starrten.

Aber nun hatte der Wahnsinn schon fast Methode, denn der 15-Tonnen-Schwingbaum konnte sich nun frei entfalten. Da er, nun auch noch verstärkt durch die Rollperiode Schwung erhielt, knallte er mit seiner Baumnock voll in die Fahrerhäuser der LKW, die auf der Steuerbordluke als Deckslast standen. Der ebenfalls ohne irgendeine Kontrolle wie wild herumschlagende Ladehaken, richtete zusätzlich große Schäden an. Urplötzlich war ein leichtes Vibrieren im Schiff zu spüren, alle blickten sich sofort freudig an und ein Schrei der Erleichterung aus vielen Kehlen erfüllte die Mannschaftsmesse: »Super, die Hauptmaschine läuft wieder!« Genau so war es. Langsam lief die Maschine an und das Schiff bewegte sich nun, wie der See Lord am Ruder es wollte.

Dann brachte die Stimme des Bootsmannes alle anderen in der Messe zum Verstummen.

»Los, alle Mann an Deck! Fiete, an die Winde, Rudi und Werner in die Saling, Hermann und Timothy, ihr bleibt an Deck und pickt den Ladehaken ein!«

Wie zur Mahnung hob er seinen Zeigefinger: »Wir brauchen hier keine Helden, wenn es nicht auf Anhieb klappt, ganz ruhig – nächster Versuch! Ihr fangt den Baum ein und sichert ihn in der Saling mit der Klammer. Wenn alles erledigt ist, wird aufgeklart! Okay, Attacke!«

Alle nickten ernst. Sie waren sich im Klaren darüber, was sie erwartete. Allmählich kam der Dampfer wieder auf Kurs und die Rollperiode ging schon beachtlich zurück, verebbte fast.

Inzwischen waren die Jungs auf dem ersten Windendeck zwischen Luke zwei und drei angekommen. Rudi und Werner waren bereits oben im Mast in der Saling und warteten darauf, dass Fiete den Ladebaum vortoppte. Fiete hatte den Baum bereits so weit gehievt, dass er keinen Schaden mehr anrichten konnte, während Hermann und Timothy den schweren Ladehaken in der Lukentasche eingepickt hatten. So hatte Fiete alles im Griff und konnte den Baum mit Gefühl in die Schelle fahren, die Rudi und Werner anschließend sofort verriegelten.

Hier ist der Ladebaum schon vorgetoppt, wie man sehen kann.

Nach gut einer halben Stunde war alles geritzt und die Jungs konnten sich auf die Luke begeben, um die übriggebliebenen Container neu zu laschen. Danach wurde aufgeklart. Die *Schauenburg* lief mit südlichem Kurs schon wieder äußerste Kraft, als wäre nichts gewesen.

Die LKW auf Luke drei, Vorkante Backbordseite, waren alle unversehrt. Achterkante standen noch einige Container kreuz und quer, die zwischenzeitlich aber schon wieder seefest gelascht worden waren. Der Baumstützen war Schrott. Er war dermaßen deformiert, dass selbst der Storekeeper und seine Mannen aus dem Fettkeller nichts mehr richten konnten.

Der Supercargo hatte inzwischen die entstandenen Schäden an den LKW, auf der Steuerbordluke, Achterkante, begutachtet und dokumentiert. Insgesamt waren acht Stück von ihnen sehr stark beschädigt, drei weitere konnte man wohl als Totalschaden bezeichnen. Fiete und Werner gesellten sich zu dem Supercargo und beobachteten ihn, wie er sehr eifrig schrieb und fotografierte. Plötzlich sprach Werner ihn an: »Sagen Sie mal, Herr Supercargo, was war denn eigentlich der Inhalt in den Containern, die über die Mauer gegangen sind? Irgendwelche wertvollen Klamotten?«

»Nein, nein.«, er versuchte, alles ganz harmlos erscheinen zu lassen: »Alles nur so ein Zeug, das keiner braucht. Cigarettes, diverse Whiskysorten, Sweets, ... Naja, und ein paar andere Dinge.« Dabei blickte er wissend und verschmitzt grinsend in die doch arg verblüfften Gesichter der beiden jungen Seeleute.

ABIDJAN / Elfenbeinküste

Das war das erste Mal WESTAFRIKA, AFRIKA überhaupt. So erging es vielen Crewmitgliedern auf der *Schauenburg.*

Welch ein Land, welche Gerüche ... Obwohl man davon vom Schiff aus zuerst einmal eher wenig mitbekam. In Abidjan an den Kais war ein höllischer Betrieb. An den Kais reihte sich ein Schiff an das andere.

Was auf der *Schauenburg* nun aber nicht mehr ging, so wie auf den älteren Frachtern mit riesigen Decksflächen, es konnte kein »Stau-Holz-City« mehr entstehen. Dafür war bei diesen Doppel-Luken-Schiffen die Gangbord viel zu schmal, dahingegen knallten die Docker dann die Back mit Stauholzhieven voll. So entstand »Stau-Holz-City« eben an anderer Stelle.

Rolf, der Leichtmatrose und Fiete waren dabei, an der Wasserseite den Außenbordanstrich von der ausgefahrenen Gangway auszubessern. Rostrotbraun, mit einem Schuss bordeaux! Harald, der Deckschlosser, ein Baum von einem Mann – man könnte sagen ein anderthalb Mensch – mit Muskeln, von denen Fiete nur träumte, war mit seiner Fettpresse unterwegs und prüfte an den Luken alles auf ihre Leichtläufigkeit.

Gerade als Fiete sich einen Glimmstängel anzündete, stellte Rolf ihm die Frage aller Fragen: »Na, was ist? Heute Abend an Land? Schön mit den schwarzen Mamis einen losmachen?«

»Was denkst du denn?! Mal wieder so richtig die Sau rauslassen! Dann sauf vorher man nicht so viel, mein Jung. Du weißt ja, Terpentin macht den Pinsel weich!« Dabei grinste er Rolf fies an.

»Hör bloß mal mit den ollen Sprüchen auf, geht mir langsam voll auf den Sack. Ich weiß schon, was ich mach.«

»Okay, okay. Alles gut, war ja auch nur ein gutgemeinter Rat.«

So verlief der weitere Tag mit diversen Instandsetzungsarbeiten und Schönheitsreparaturen, aber die Männer waren immer darauf bedacht, sich die Kräfte einzuteilen, sodass sie abends noch fit waren. Nach dem Abendessen begaben sich Rolf, Rudi, Fiete und Werner im besten Landgangszwirn zusammen an Land. Sie hatten alle schon einige Bier intus und waren bester Laune. Im Rotlichtviertel von Abidjan steuerten sie auch sofort die ABC-Bar an. Fiete und Werner waren beste Macker, sie verstanden sich ohne viele Worte und unternahmen auch sehr viele Sachen gemeinsam. Die Chemie stimmte schon seit der Werftzeit in Polen. Mit einem Mal herrschte ein fürchterliches Geschrei in der Kneipe. Was war passiert?

Rolf, der schlaksige, weißblonde Leichtmatrose hatte mitten in der Kneipe seinen Pietel hervorgeholt und in den, auf vollen Touren laufenden, riesigen Ventilator, gepinkelt.

Der einsetzende Nieselregen in der Kneipe war natürlich nicht jedermanns Sache. Drei dunkelhäutige, kräftige, Kneipengänger oder Zuhälter waren gerade im Begriff, sich auf den stark angetrunkenen Leichtmatrosen zu stürzen, doch eine Mauer von vier schokofarbenen Damen des horizontalen Gewerbes verwehrte ihnen jeglichen Zugriff.

Es kam wie aus einem Munde, aber vierstimmig: »Don't touch!«

Äußerst widerwillig räumten die drei Einheimischen das Feld. Fiete wollte sich am Tresen vorbeidrücken, um das WC aufzusuchen, als Harald, der hier am Tresen saß, ihn zu sich heranwinkte. »Na, Harald, was ist? Was willst du von mir?« Neugierig blickte Fiete zu Harald auf.

»Sag mal, du gehst ja immer mit Werner an Land und ihr hockt auch sonst immer sehr viel zusammen.«

Kunstpause, Luft holen.

»Seid ihr beiden eigentlich schwul?«

Fiete riss erstaunt und wütend zugleich seine Augen weit auf und brüllte ihn an: »Das würde dir Dreckssack vielleicht so passen, aber hier bist du ganz gewiss auf dem Holzweg!«

Dabei ergriff er Haralds anderthalb Liter, noch zur Hälfte gefüllte Bierflasche am Hals und schlug sie ihm mit voller Wucht über seinen Schädel, sodass sie in unzählige kleine Teile zersprang und das restliche Bier in Haralds dunklem Haar versickerte.

Mit einem wahnsinnigen Satz flankte der Barkeeper über den Tresen, rannte zum Eingang und zog unvermittelt das Scherengitter zu. Gefangen?!

Alles schrie nun wild und laut durcheinander, während Harald Fiete nun mit einer Hand festhielt und der Barmann laut lamentierte: »Police secours! Vite, vite. Ici en long!«

Trotz allem kassierte er noch in Windeseile ab und lotste die aufgebrachten Gäste dann zum Hinterausgang. Die Polizei in Abidjan war einfach nicht zum Ausprobieren und schon gar nicht der Kattabusch. Bevor die Männer die ABC-Bar durch den Hinterausgang verließen, hielt Harald Fiete ganz kurz an der Schulter zurück. Dieser, immer noch wütend drehte sich um und zischte ein kurzes: »Was willst du von mir?«

Harald grinste übers ganze Gesicht.

»Das mit der Bierbuddel musst du bestimmt nochmal üben!«

Gemeinsam verließen sie nun zügig, aber ohne Groll untereinander zu hegen, endgültig die ABC-Bar, immer noch gedrängt von dem Barkeeper.

Die Bestnote erzielte Rolf am folgenden Morgen an Bord bei der Smoketime. Er grinste alle überlegen, selbstsicher und nüchtern an.

»Wisst ihr was? Ihr seid allesamt Loser!«

Alle Mitglieder der Deckscrew blickten sich verwundert an. Und dachten sich, dass er am frühen Morgen den Mund aber schon ganz schön voll nahm.

»Ich«, und damit tippte er sich voller Stolz selbst auf die Brust: »habe letzte Nacht die einzige weiße Frau, eine Französin, gepoppt!«

Da waren doch alle merkwürdig kleinlaut und erstaunt, aber zollten ihm Achtung durch Beifall.

Was an und für sich nicht sehr oft vorkam.

»*Tss, Tss, der Leichtmatrose, was für eine Marke!*«, dachte sich Fiete.

»Hildegard Peters«

Holzreisen

Rotterdam – Archangelsk

Datenblatt M/V »Hildegard Peters«

Eigner:	H. Peters – Hamburg
Reederei:	Reederei, H. Peters, Hamburg
Unterscheidungssignal:	DHQF
Heimathafen:	Hamburg

Länge:	78,38 Meter
Breite:	12,54 Meter
Tiefgang:	4,95 / 5,64 Meter
Tonnage Volldecker	
GRT:	1.712 Brt
NRT:	./.
tdw:	2.670 tdw

Tonnage Freidecker	entfällt
Cont. Stellplätze:	entfällt
Hauptmotor:	1 Dreifach-Expansionsmaschine mit 950 PSi (Steamer) 1961 Einbau eines Viertakt – Achtzylinder – Motors

Geschwindigkeit:	9,5 Knoten
Bauwerft:	AG »Neptun« Rostock (Bau –Nr. 406) als »ANITA L.-M. Russ an, Ernst Russ, Hamburg, ausgeliefert.

Stapellauf:	30.09.1926
Indienststellung:	16.11.1926

Verbleib:	LEGENDE: 20.10.1938 an die Schiffahrts- u. Assekuranz-GmbH. 03.09.1939 in Amsterdam,29.12.1941 bei der britischen Opera-

tion »Archery« (Zerstörung lebenswichtiger Einrichtungen im Raum Vaagsö und Maalöy) durch den Britischen Zerstörer HMS »Onslow« und HMS »Oribi« auf den Strand getrieben. Bergungsversuche begannen schon während des Krieges. Am 27.04.1951 wurden die Bergungsarbeiten durch die Norsk Bergnings Co. wieder aufgenommen. Am 09.06.1951 wurde das Wrack geborgen und nach Bergen geschleppt und verkauft an F.N. Nordboe, Haugesund (NOR) und dorthin verholt. 01.10.1951 an South Shields zur Reparatur bei Middle Dock und Engineering Co. Im Februar 1952 als «Island« für DS AS Scotland, Haugesund (NOR), Mgr. F. in Fahrt. 15.04.1954 für etwa 560.000 Mark an H.Peters, Hamburg, verkauft. 06.05.1954 in Haugesund übergeben und umbenannt in »Hildegard Peters«. 27.02.1971 an Hamburg, 08.03.1971 für 191.000D-Mark zum Abbruch bei Eisen u. Metall AG verkauft und am 11.03.1971 übergeben.

M/V »Hildegard Peters«
Holzreisen Sommer 1968

Der verlorene Anker
Rotterdam – Archangelsk – Rotterdam

Fietes Drang zum Meer war wieder einmal sehr stark. Der Urlaub war zu Ende, also benötigte er dringend ein Schiff. Max, der Heuerbaas an der Seewartenstraße in der Heuerstelle, hatte auch sofort einen, wie er sagte: »Guten Dampfer, alles im Lack, gutes Fahrtgebiet!«

Dampfer HILDEGARD PETERS (1/# 31).   *Familienarchiv Milbred*

So abgeladen kamen wir immer mit der Hildegard und unserer Deckslast in Rotterdam an.

Der ehemalige Steamer lag in Nordenham, war 1928 vom Stapel gelaufen und lud nun Brechkoks für Spanien. All das hatte Max Fiete aber nicht erzählt, leider war Fiete etwas klamm, hatte also keine große Chance auf eine sofortige Kehrtwende.

»Warte man ab mein Lieber, irgendwann bin ich wieder in Hamburg, im Weißen Haus am Meer und dann hole ich Dich durch deine Klappe für den Zossen den du mir angedreht hast und die Scheiss Ladung. Das schwöre ich Dir!«

Was für ein Schiff! Das durchgerostete Zwischendeck hatte riesige Löcher. Alle Luken wurden mit Klapperdeckel und den passenden Scherstöcken abgedeckt. Die Bäume wurden mit Zupfgeien gestellt und schließlich mit Preventer in der endgültigen Position gesichert. Irgendwann später sagte Fiete mal zu einem seiner Kollegen: »Wir müssten an und für sich in jedem Hafen ein Schild mit folgendem Text an die Gangway hängen: »Betreten der Baustelle auf eigene Gefahr!«.

Der Smut, ein gestandener Mann von kräftiger Statur, hatte ein Holzbein oder aber ein steifes Bein. Nichts Genaues wusste man nicht und es konnte auch niemand herausfinden, wie es dazu gekommen war. Auf alle Fälle war er kein Kind von Traurigkeit. Er hatte beim Kochen in der Kombüse stets eine Kippe im Hals und sollte mal die Asche zu lang werden und versehentlich in die Suppe fallen, dann wurde sie eben untergerührt. Da war der Koch echt schmerzfrei. Auch dem Alkohol war er nicht abgeneigt, er vernichtete ihn einfach, wo er ihn auch fand.

So war das nun mal. An manchen Tagen hatte er schon mittags ordentlich einen im Tee.

Der Koch hatte immer irgendwelche Probleme und so beschwerte er sich einmal mehr beim Ersten Offizier, er habe einfach zu viele Mitstreiter in der Kombüse, also mit anderen Worten, er benötigte etwas, um der Kakerlakenbande Herr zu werden. Der Erste Offizier griff sich Fiete und einen weiteren Decksmann, um mit ihnen die, an die Kombüse angrenzende Pantry, in Augenschein zu nehmen. Hier vermutete er die Quelle des Übels. Nachdem sie zu dritt die Pantry betreten hatten, versuchten sie nun mit allerhand verschiedenen Geräuschen, die Kakerlaken zu verscheuchen: in die Hände klatschen, schreien, mit den Füßen stampfen, auf der Anrichte trommeln. Doch dann hielten sie abrupt inne. Die Kakerlaken ließen sich von gar nichts beirren. Es waren sehr viele und welche Prachtexemplare!

Der Erste Offizier, er hatte eine fürchterliche Alkoholfahne, meinte, den beiden Decksleuten zugewandt: »So, ihr holt euch jetzt Gips und Füllstoff aus dem Farbenspind. Für die großen Löcher könnt ihr euch ja auch Zement anmischen.« Fiete und Joaquin sahen sich mit weitgeöffneten Augen fragend an. »Ich habe auch noch etwas Gift.«, fuhr der Erste nun mit schwerer Zunge fort: »Das füllen wir in eine Blechdose und stellen diese auf den Fußboden. Okay, zuerst einmal müssen wir die Rostlöcher schließen, damit wir den Kakerlaken den Fluchtweg abschneiden.«

Danach entfernte er sich leicht schwankend, wahrscheinlich war sein ausgeprägter Seemannsgang der kabbeligen See geschuldet.

Fiete und sein spanischer Kollege rührten sich eine ordentliche Pampe an und begannen damit, die Kakerlaken-Schlupflöcher in der Pantry zu verschließen. Der Erfolg wollte sich aber nicht so recht einstellen, denn wie auf Kommando tauchten an verschiedenen Stellen immer wieder die Krabbeltiere aus der weißen Masse auf, die nicht so schnell wie gewünscht aushärtete. Die beiden zogen die Kakerlaken heraus, ließen sie auf den Pantryboden fallen und zertraten sie. Was anfänglich noch Spaß machte, sich aber schnell ins Gegenteil umkehrte.

Urplötzlich hörten sie aus der Kombüse einen Höllenlärm. Fiete und Joaquin spurteten augenblicklich in die Kombüse. Und dort? Nichts. Niemand war zu sehen. Totenstille. Dann stieß Joaquin Fiete an und zeigte auf den Niedergang zum Trockenkühlraum, an dessen unterem Ende bewegte sich etwas und stöhnte gequält. Der Koch lag dort und versuchte verzweifelt, sich wiederaufzurichten. Was ihm aber nicht so ohne weiteres gelang. Das steife Bein erwies sich dabei als ein unüberwindbares Hindernis. Die beiden Decksleute stiegen den Niedergang hinab und halfen dem Smutje wieder auf die Füße. Er stank aus dem Mund wie eine Destille und sein erstes Wort, nachdem er wieder einigermaßen sicher auf beiden Füßen zum Stehen gekommen war: »Mensch Fiete, haste mal 'ne Lulle für mich?«

Fiete reichte ihm wortlos eine Zigarette und fragte ihn dann, ob alles okay sei. Er aber drehte sich nur dem Niedergang zu und hangelte sich, die brennende Zigarette im Mundwinkel, die Treppe hoch und setzte das begonnene Werk in der Kombüse fort. Fiete blickte ihn ernst an: »Rudi, ist auch alles in Ordnung? Hast du Schmerzen?«

»Mir geht es gut. Danke, für eure Hilfe«, murmelte er vor sich hin und rührte dabei einen Topf um. Danach ignorierte er die beiden, so als wären sie Luft.

Normal war das nicht.

Fiete und sein Kollege gingen zurück in die Pantry, wo mittlerweile alles erstarrt war. Sie entfernten, die noch aus dem Gips ragenden, halben Körper der Kakerlaken und überzogen alle verschlossenen Löcher noch einmal mit einer Schicht Füllstoff, sodass auch alles ordentlich aussah. Die Blechdose auf dem Boden war schon halb mit toten Kriechtieren gefüllt.

»Na ja«, meinte Fiete: »vielleicht kriegen wir die Viecher ja doch noch in den Griff.«

An Murmansk waren sie bereits lange vorbei und in den frühen Morgenstunden des folgenden Tages erreichten sie Archangelsk, was am Rande des weißen Meeres lag. Die leidige Untersuchung des Dampfers und die Gesichtskontrolle durch die Immigration der sowjetischen Behörden waren glücklicherweise bereits vorüber. Sehr langsam schob sich die *Hildegard* ins Hafenbecken. Ein sehr starker, böiger Wind schien sie immer wieder von ihrem Kurs abbringen zu wollen. Da erscholl von der Brücke der Befehl: »Let go starboard anchor!«

Und schon fiel der Anker laut klatschend, dem Hafengrund zustrebend, auf die Wasseroberfläche und die Ankerkette rauschte durch die Klüse.

»Halt fest Anker!«, kam es nun wieder von der Brücke und der Matrose an der Ankerwinde zog die Bremse fest an. Der Anker hatte im Schlick des Hafenbeckens Halt gefunden und so wurde dann die Kette langsam mitgefiert, bis der Dampfer sicher an der Pier vertäut war. Der erste Offizier hatte diese Aktion zwar geleitet, betrachtete aber alles aus seinen glasigen Augen mit einem abwesenden Blick. Er war schon wieder betrunken. In seinen Augenwinkeln saßen schon kleine Eiterpfropfen, wie bei einem Quartalssäufer. Er war bestimmt schon den dritten Tag voll unter Strom.

Nun forderte der Kapitän den Ersten Offizier auf, den Anker wieder einzuholen. Dieser Order kam er daraufhin auch umgehend nach. Der spanische Matrose Manuel stand an der Ankerwinde und hievte, der Erste hing über dem Schanzkleid und starrte auf die Ankerkette, während die Winde unter Volllast stöhnte. Die einzelnen Kettenglieder knackten und knirschten, als sie über die Kettennuss in den Kettenkasten gehievt wurden. Den Dampfer zog es dabei schon etwas von der Kaianlage weg, bis die Festmacherleinen absolut tight waren.

Plötzlich gab es einen unerwarteten, leichten Ruck und es schien, als machte der Dampfer einen kurzen Sprung zurück an die Kai, in seine ursprüngliche Liegeposition. Und die Ankerwinde arbeitete nun auch wieder ganz normal, beinahe so als wäre keine Last an der Kette. So holte die Winde Glied für Glied der Ankerkette ein. Just in diesem Augenblick meldete sich Manuel vom Kontroller der Ankerwinde zu Wort: »Primero oficial, ich glauben irgendwas nicht in Ordnung, Winde arbeiten sehr, sehr leicht! Que es una mierda!«

Der Erste Offizier hing wie ein nasser Sack über der Schanzung und stierte unverwandt auf die Ankerkette, die langsam gehievt wurde und plötzlich war er quicklebendig, sprang hoch und schrie den Matrosen an: »Stopp! Stopp! Nicht weiter hieven!«

Nun lehnte er mit dem Rücken an dem Schanzkleid der Back, atmete sehr schwer, war kreidebleich. Nun nur noch krächzend, machte er sich bemerkbar. Seine Stimme war beinahe verschwunden. Mühsam wandte er sich an Manuel. »Wir haben keinen Anker mehr, einfach weg!« Dem kleinen, pfiffigen, spanischen Matrosen fielen bei den gekrächzten Worten vor Staunen fast die Augen aus den Höhlen.

Er hielt seine rechte Hand aufrecht hinter sein rechtes Ohr, so, als hätte er sich verhört, war dann aber mit affenartiger Geschwindigkeit an der Schanzung und blickte neugierig über die Kante. Was er dann erblickte, unterstrich nur die Worte des Ersten, einsam und verlassen pendelte das ankerlose Ende der Ankerkette dicht über dem Brackwasser des russischen Hafens in der Luft.

»Donnerwetter! No Anker mehr! Wie kommt? Wo is' Anker?«

Der kleine Spanier war sichtlich aufgeregt und konnte sich nur allmählich wieder beruhigen.

Der Erste Offizier riss sich nun wirklich zusammen und raffte sich auf, dabei murmelte er, mehr zu sich selbst: »Ich gehe jetzt zum Kapitän, werde ihm mal über diese Sauerei berichten!«

Was die Besprechung zwischen dem Kapitän und dem Ersten Offizier nach seiner Beichte ergeben hatte, ist leider nicht bekannt geworden. An diesem Tag passierte nicht mehr allzu viel.

Nur Lothar, der Leichtmatrose, von der Länge einer Schmeißleine, mit einer Matte wie ein Hippie, Zotteln bis zur Schulter, wollte etwas Geld für den bevorstehenden Landgang haben.

Da der Kapitän nicht die beste Laune hatte, war das ein äußerst schlechter Zeitpunkt.

Der Kapitän sah ihn an: »Solltest du hier zum Frisör gehen und dir einen vernünftigen Haarschnitt zulegen, bekommst du von mir Geld für den Landgang heute Abend!«

Der Leichtmatrose berichtete Fiete von seiner Misere, um ihm auch sogleich die Frage zu stellen, ob er ihm helfen könne. Fiete erkundigte sich, ob sie sich mal für eine Stunde ausklinken könnten und bekam die Bestätigung. »Pass auf Langer, ich begleite dich zum Frisör und du lässt dir dann von so einer Mattka die Haare schneiden. Ich sitze daneben und passe auf, dass sie dir keine Glatze schneidet. Dafür gibst du mir heute Abend im Seemannsheim einen aus. Okay?«

»Yes.«, antwortete der Lange langsam und langgezogen. »So wird's gemacht.«

Da sich der Holzhafen weit vor den Toren von der eigentlichen Stadt Archangelsk im äußersten Randgebiet befand, mussten sie schon ordentlich suchen. Aber sie wurden letztendlich in einem unscheinbaren, älteren Holzgebäude mit einem verchromten Teller vor der Tür fündig. In Deutschland ein klares Zeichen für einen Frisör Salon. Sie klopften zaghaft an die Tür und so als hätte man die beiden beobachtet, öffnete sich sofort die Tür. Vor ihnen stand in dem halbdunklen Raum eine kräftige Mittvierzigerin. Im Hintergrund waren an den Wänden einige Spiegel, sowie die typischen Frisörstühle zu erkennen. Fiete überlegte kurz: »*Wie kommen denn bloß die Stühle hierher? Die müssen ja uralt sein. Sehen aber sehr deutsch aus. Da passt der Lange aber gut rein mit seiner Matte!*«

Die beiden deutschen Seeleute hatten bei den Damen, es waren noch drei weitere Frauen in dem kleinen Laden außer der kräftigen Mattka, für sehr viel Erstaunen gesorgt. Zumal alle zuerst glaubten, der Lange sei eine junge Frau. Dann wurde der Leichtmatrose mit sanfter Gewalt von zwei kichernden jungen Frauen in einem der Frisörstühle platziert. Die jungen Damen hofierten den Langen und eine Mattka, wahrscheinlich die Chefin, griff zur Schere. Der Lange rief noch total verzweifelt:»Nur um die Hälfte kürzen! Fiete, pass bitte auf!« Fiete nickte noch pflichtbewusst, aber dann nahm das Schicksal sehr schnell und unangefochten seinen Lauf. Es waren wohl zu guter Letzt noch ein, zwei Zentimeter von der Haarpracht übriggeblieben: ein Kurzhaarschnitt, wie bei einem russischen Kadetten.

Der Lange blickte eine gefühlte Stunde in den Spiegel und dann begann er, hemmungslos zu schluchzen. Er heulte Rotz und Wasser, ob seiner langen Haare, die nun um ihn herum am Boden verstreut lagen. Die drei jungen Damen hatten sich in eine Ecke zurückgezogen und gaben absolut keinen Laut mehr von sich. Fiete stand auf und wollte bezahlen, aber die Chefin lehnte dankend ab. Nun tat der Lange ihr wohl doch etwas leid, was dem Langen wohl am verlängerten Rücken vorbeiging.

Als sie dann endlich den kleinen Frisörladen verließen, gab die Mattka jedem noch ein Bier und machte schnell die Tür hinter ihnen zu. Sie öffneten die Flaschen *Baltika* und nahmen einen ordentlichen Schluck russisches Bier zu sich. Um Lothar doch etwas zu besänftigen, begann Fiete süffisant: »Na, lass man, wächst doch alles schnell wieder nach!« und so weiter. Doch die Sprüche fanden beim Leichtmatrosen in diesem Augenblick nicht so wirklich Anklang.

Am Abend zogen alle, die frei hatten, an Land ins Seemannsheim. Andere Möglichkeiten waren in Russland eher schlecht und konnten bös ins Auge gehen. Russland war schon besonders: Am Ende der Gangway, die an Land führte, stand ein Stehpult mit einem bewaffneten Soldaten davor. Der militärische Wachtposten nahm jedem See Lord, der an Land wollte, sein Seefahrtsbuch ab, im Gegenzug wurde ihm ein Landgangsticket ausgehändigt. Es hieß: Landgang bis Mitternacht und nicht überziehen. Alles wurde schriftlich festgehalten. Wer um Mitternacht nicht wieder an Bord war, musste mit einer satten Geldstrafe rechnen. Der Abend im Seemannsheim war eigentlich unspektakulär, aber als sie alle an Bord zurückkehrten, fehlte Edu, ein Schmierer. Vielleicht war er auf Abenteuer aus.

Am darauffolgenden Morgen, die Decksgang stand an Deck in der Nähe der Gangway und rauchte eine Zigarette nach dem Frühstück, tauchte Edu leicht lädiert in Begleitung von zwei Uniformierten auf.

Fremdenpolizei!

Sie brachten ihn an Bord, zogen wortlos an der Deckscrew vorbei. Sie kannten wahrscheinlich schon den Weg zum Kapitän. Trotzdem begleitete Manuel sie, man konnte ja nicht wissen. Das Fazit zu Edus ausgedehntem Ausflug: Er hatte ein Mädel kennengelernt, war mit ihr in eine beliebige Wohnung gegangen und da die Dame wohl schon mehrfach Kontakt zu ausländischen Seeleuten gehabt hatte und somit auch in ihrer Nachbarschaft bekannt dafür war, hatte sie wohl jemand verpfiffen.

Da Edu nicht einfach so mit der Polizei gehen wollte, die ihn aber unter

Anwendung von Gewalt aus der Wohnung hinausbrachte, behauptete diese im Nachhinein, er hätte sich seine Verletzungen in der Wohnung geholt: Er sei gestolpert und habe sich dabei an einigen Möbelstücken gestoßen!

O.-Ton der Fremdenpolizei.

Zuerst einmal bekam Edu Landgangsverbot auf Lebenszeit in allen Häfen der UDSSR und musste zusätzlich eine Geldstrafe in Höhe von 1.000 Rubel zahlen.

Da der Rubel im Augenblick mal gerade bei 4,00 D-Mark stand, waren es 4.000 muntere Mäuse, die der Kapitän für ihn abdrücken musste, obwohl der Rubel im Geldmarkt zu diesem Zeitpunkt nicht als offizielles Zahlungsmittel anerkannt wurde.

Allen an Bord wurde sofort klar, dass Edu nun noch eine ganze Weile die Hauptmaschine der *Hildegard* wird pflegen müssen.

»Tja, die Suppe hatte er sich selbst eingebrockt und musste sie nun auch selbst auslöffeln!«

Im Laufe des Vormittages traf die Barge eines ortsansässigen Tauchunternehmens ein.

Die Taucher sollten den Anker orten, ihn bergen und an Bord bringen. Auf der *Hildegard* sollte er dann mit einem Spezialschäkel wieder mit der Ankerkette verbunden werden, damit er wieder vorgehievt werden konnte. Mit wenigen Worten: Die *Hildegard* benötigte natürlich zwei vollfunktionstüchtige Anker wie jeder andere Dampfer auch.

Der Erste Offizier, welcher vollkommen nüchtern war, hatte dem Chef der Tauchereinheit den ungefähren Verlustort des Ankers vorgegeben. Die Taucher waren wirklich gut, denn es dauerte wirklich nicht sehr lange, bis sie den vermissten Anker gefunden hatten. Nur hatte die Sache noch einen kleinen Haken: Der eine Flunken des Patentankers hatte sich unter einem Seekabel, welches durch das Hafenbecken verlief, verhakt. Bei dem Hievvorgang hatte der Anker das Kabel etwas aus seinem Bett gehoben. Trotz allem hatten die Taucher den Anker der *Hildegard* nach knapp drei Stunden harter Arbeit bei sich an Deck liegen.

Gemächlich schipperte die Barge zum Steven der *Hildegard*, wo die

Fachleute den Anker und die Ankerkette mittels eines Spezialschäkels wiederverbanden. An Bord eines jeden Dampfers gab es ja immer viele Neuigkeiten über die sogenannte *Buschtrommel.*

Dennoch wurde auf der *Hildegard* niemals bekannt, was diese Anker-Aktion die Reederei *H. Peters (Plünnen Peters)* gekostet hat.

Der Erste Offizier war kurz nach Einlaufen in Rotterdam spurlos verschwunden und wurde auch nie wieder auf einem Schiff der Reederei *H. Peters* gesichtet.

Küstenmotorschiff »Eleonore«

Nord- und Ostsee

Fracht jeglicher Art

Datenblatt: M/V »Eleonore«

Eigner:	Heinrich Vor-Schmidtshöfen
Bereederung:	Reederei, Heinrich H. Vor-Schmidtshöfen
Unterscheidungssignal:	D I R L
Heimathafen:	Dornbusch

Länge:	35,96 Meter
Breite:	7,03 Meter
Tiefgang:	2,97 Meter Seitenhöhe
Tonnage Volldecker	
GRT:	211 Brt.
NRT:	
tdw:	305 tdw
Tonnage Freidecker	
GRT:	
NRT:	
tdw:	

Cont. Stellplätze:	zwei Luken, Scheerstöcke, hölzerne Lukenab-deckung, (Lukendeckel), Persenning.
Hauptmotor:	4 Zylinder / 4 Takt / Deutsche Werke, Kiel AG 200 PS
Geschwindigkeit:	8 Knoten

Bauwerft:	Werft Nobiskrug, Rendsburg
Stapellauf:	29.07.1938
Indienststellung:	1938

Charter Name:	Als »Braunau« für Fritz Freudenberg / Ue-tersen, abgeliefert 15.10.1938

Verbleib: 11.04.1939 Einsatz für die Kriegsmarine Intendantur Kiel. 20.08.1940 Einsatz beim Unternehmen »Seelöwe«. 14.12.1940 Rückgabe an Herrn Kapitän Freudenberg. Juni 1947 umbenannt in »ELEONORE«. März 1950 von der Nobiskrugwerft auf 40,73 Meter verlängert, nun 249 Brt. und 340 Tdw. März 1953 in Hamburg erhöht, Seitenhöhe nun 3,37 Meter, 283 Brt, 420 tdw. Januar 1961 an Heinrich Vor-Schmidtshöfen, Dornbusch, kein Namenswechsel. Drittes Quartal 1970 in Deutschland abgewrackt.

Küstenmotorschiff M/V »Eleonore«
1966 / 1967 kleine Trampschiffahrt

Wecken mit Gummiknüppel   Nord- und Ostsee

Fiete betrat sein zweites Schiff, in seiner Laufbahn als See Lord, die MS
Eleonore mit Heimathafen Dornbusch, Mitte August 1966. Er war von
einem Tanker abgemustert, um die »RICHTIGE SEEFAHRT« kennenzu-
lernen. Die *Eleonore* war, wie man unter Kümonauten zu sagen pflegte,
ein sogenannter *Arschbackenkreuzer* von gerade man eben 420 Tonnen
Deadweight. Immerhin hatte der Pudel zwei Masten mit Ladebäumen.
Das Kümo pendelte immer zwischen Nord- und Ostsee, machte aber auch
mal einen Abstecher in den St.- Georg – Channel, nach Irland.

Fiete machte mittlerweile seine dritte Reise auf dem Kümo, der Eigner
fuhr selbst als Kapitän auf dem Pudel mit, sowie ein Steuermann. Die
Deckscrew bestand aus vier Mann.
   Selbstverständlich war die *Eleonore* ein Zwei-Wachen-Schiff. Die Maschine wurde von den Wachgängern mit gewartet und so war immer alles
in Öl in dem kleinen Fettkeller.
   Die vier Jungs der Deckscrew hausten im Vorschiff unter der Back mit
einem Freiluft-WC, welches sich auch unter der Back befand. Dessen Be-
nutzung konnte man bei Seeschlag aber schon mal komplett vergessen,
derweil das Rückschlagventil nicht wirklich funktionierte. Die Vier-
mannkammer, beziehungsweise Behausung, hatte Kojen wie auf einem
Fischkutter. Bei Schlechtwetter konnte man mit einer Art Schiebetür

den Kojen Einstieg verschließen, sodass man bei Seegang nicht hinausgeschleudert wurde.

Außerdem gab es für die Gemütlichkeit im Winter einen alten Ölofen. Es roch in der Kammer immer etwas nach Diesel und Gasöl, aber das war reine Gewöhnungssache.

Allerdings hatte der Ölofen ein kleines Manko, sobald der Seegang stärker wurde und der Pudel sich immer mehr bewegte, verschluckte er sich und gab seinen Geist auf. Man konnte ihn auch nicht wiederbeleben, erst nachdem sich die See wieder beruhigt hatte. Und dann waren da noch die Anker, wenn diese nicht wirklich gut vorgehievt waren und eine Welle sie anhob, dann geschah das blitzschnell und so knallte er mit seinen Flunken schon mal ordentlich gegen die Bordwand, aber auch an diese Geräusche gewöhnte man sich nach einer gewissen Zeit.

Die *Eleonore* hatte am frühen Nachmittag den Kiel-Kanal in Brunsbüttel verlassen. Mittags hatte der Wetterbericht Regen und Sturmböen in einer Stärke von acht bis neun Beauforts für die westliche Nordsee vorhergesagt.

Das Kümo war voll abgeladen, hatte Stückgüter in den Laderäumen und ein weiterer Teil lagerte Achterkante auf der Luke zwei, gut abgedeckt und mit Laschings gesichert. Ihr Bestimmungshafen war Dublin. Als sie die Elbe eins passierten, war die Nordsee schon ganz schön rau und das kleine Kümo bewegte sich recht ordentlich in der aufgewühlten See. Die Seen kamen aus Nord-West und rollten somit immer schräg von Steuerbord gegen die *Eleonore* an.

Die Selbststeuerautomatik funktionierte leider nur bis zu fünf Beauforts. Der Steuermann *Reddy*, der Spitzname resultierte von seinen roten Haaren, hatte Wache und Fiete stand am Ruder. An Land würde man ihn, seinem Aussehen nach zu urteilen, einfach für einen grobschlächtigen Bauernlümmel halten. Er war pausbäckig, meist unrasiert, hatte einen Bauchansatz, aber wieselflinke Augen. Allerdings trauen konnte man dem Steuermann nicht so wirklich. Fiete steuerte die *Eleonore* durch die immer unruhiger werdende Nordsee und dachte dabei kurz zurück.

Reddy war immer und überall mit Vorsicht zu genießen, hatte er sich doch auf der letzten Ausreise, in Thisted, Limfjord, Dänemark einen groben Schnitzer geleistet. Er hatte wohl gemeint, er könnte die Jungs vom Vorschiff foppen, aber weit gefehlt. Sie lagen in Thisted an der Pier, hatten Ausscheiden und abends war es schon empfindlich kühl, es gab sogar schon Nachtfröste. Fiete und seine Kollegen saßen in der Kammer, der Ölofen bullerte und es war gemütlich warm in der Kammer. Die Stimmung konnte auch nicht besser sein.

Die Jungs hatten, wie konnte es anders sein, Damenbesuch: vier prächtige, junge Däninnen.

Der Rum floss und schmeckte, die Stimmung stieg gleichzeitig mit jedem weiteren Glas.

Irgendwann meinte einer der Seelords, sie trugen zu dem Zeitpunkt aufgrund der hohen Temperaturen in der Kammer nur noch T-Shirt und Jeans:»Ich habe eine Idee, wir machen ein schönes Spiel!« Fragend blickte er sich in der Runde um.

»Wir könnten doch mal Flaschendrehen spielen! Was haltet ihr davon?«

Im Handumdrehen hatte er den vier dänischen Mädels erklärt, wie die Sache abzulaufen hatte, als es oben, man musste um die Kammer zu verlassen einen kurzen Niedergang hinauf, mehrfach gegen die Tür schlug. Sie wurde dann auch sofort, ohne eine Antwort abzuwarten, von außen geöffnet. In ihrem Rahmen stand Reddy. Und er begann ohne Umschweife zu sprechen.

»Alle Mann augenblicklich an Deck! Heute Nacht sollen wir Frost bekommen und da die Lukenpersennings nass sind, müssen wir die obere Persenning an Land ziehen, damit sie nicht zusammen frieren. Los, zieht euch was über und dann raus!«

Schon waren die Schotten wieder dicht und er weg. Fiete und seine Macker blickten sich an:»Wir müssen dem Arsch wohl mal zeigen, wo der Hammer hängt! Wir ziehen uns gar nichts über, das Ding rocken wir so. Los!«

Im gleichen Augenblick waren die vier Seelords auch schon an Deck. Als Oberbekleidung trugen sie nur ein dünnes T-Shirt aber an den Händen Arbeitshandschuhe.

Da sich der Schanzdeckel mit der Kaikante so ziemlich auf einer Höhe befand, war es kein großes Problem, die obere der zwei Lukenpersennings, eins zu eins an Land zu ziehen. Innerhalb von zehn Minuten waren die oberen Lukenpersenning von Luke eins und zwei an Land. Fiete blickte den Steuermann provozierend an: »So, und Nu?!«

»Alles gut.«, meinte Reddy pikiert: »Erledigt. Ihr könnt wieder zu euren Hühnern kriechen, aber sauft nicht zu viel!« Sollte er insgeheim gemeint haben, er könne den Jungs den Abend versauen, dann hatte er sich aber bös getäuscht, denn nun ging die Party erst richtig los.

Mit allem, was dazugehörte – Natürlich auch Flaschendrehen!!! Ehrensache.

Zeitsprung zurück.

Reddy und Fiete waren auf Wache im Ruderhaus, der zweite Mann hielt Ausguck in der Nock.

»Tja«, meinte der Steuermann und beobachtete Fiete, wie dieser sich am Ruder abmühte, um den Pudel auf Kurs zu halten: »Der Wind briest immer weiter auf, ich glaube wir kriegen richtig einen auf den Sack. Wenn das so weitergeht und sich noch mehr steigern sollte, dann wird uns wohl nichts weiter übrigbleiben, als irgendwo vor Wind zu gehen, um dort den Sturm abzuwettern.« Fietes Blicke wanderten gespannt und fragend zwischen Reddy und dem Kompass hin und her, aber dieser äußerte sich in diesem Augenblick nicht weiter.

Nach seinem Rudertörn war auch Fietes Wachtörn zu Ende. Als er unten am Hauptdeck ankam, wartete er zusammen mit Klaus, dem zweiten Wachgänger, bis die *Eleonore* auf einen Wellenberg lief und noch etwas mehr an Fahrt verlor, um dann mit Klaus im Sprint übers Deck nach vorn zu laufen, wo sie eilig in ihrer Kammer verschwanden. Der nächste Brecher, der das Deck wieder flutete, kam bestimmt.

Mittlerweile war der Kapitän im Steuerhaus, machte einige Peilungen, blickte auf die Seekarte und rechnete hin und her, bis er schließlich zu einem Ergebnis gelangte.

Daraufhin sagte er zum Steuermann, der im Steuerhaus geblieben war:

»Es bringt nichts, sollten wir nur noch ein oder zwei Windstärken mehr bekommen, dann laufen wir irgendwann rückwärts. Ich habe beschlossen, dass wir auf Borkum in den Schutzhafen gehen und dort abwettern. Einzige Chance!« Reddy nickte zustimmend: »Okay, so verbraten wir auch nicht so viel Treibstoff for nothing und belasten die Maschine nicht über Gebühr. Ich gehe eben nochmal in den Fettkeller zum Abschmieren.«

»In Ordnung«, meinte der Alte nur lakonisch, steckte sich seine Pfeife zwischen die gelben Zähne und entzündete sie in aller Ruhe, tief sog er den Rauch ein: »Das mach man.«

Und so kämpfte sich die *Eleonore* durch die schwere See, bis sie endlich nach langen mühsamen Stunden des ewigen Aufs und Abs den Schutzhafen von Borkum unbeschadet erreicht hatte.

Im Schutzhafen lagen schon allerlei Küstenmotorschiffe, die hier auch auf das Ende des Sturms warteten. Als dann endlich die letzte Leine auf dem Poller belegt war, war der Freitag auch schon beinahe gelaufen. Nach dem Abendessen war Ausscheiden. Der Alte hatte beschlossen, die Seewache nicht weiterlaufen zu lassen und der Steuermann hatte sich bereit erklärt, die Nachtwache zu übernehmen. Wie lange sie im Schutzhafen liegen würden, stand in den Sternen. In der Nordsee konnte das Wetter von einer Stunde auf die andere umschlagen.

Die vier Jungs der Decksbesatzung saßen noch einen Augenblick zusammen. Auf der *Eleonore* gab es keine Messe, geschweige denn eine Mannschaftsmesse, eher einen Aufenthaltsraum, wo alles passierte. In einer Ecke stand ein Ofen auf dem das Essen für die Crew zubereitet wurde. Im Moment wurde immer umschichtig gekocht. Besser war es natürlich, wenn die Frau vom Alten mitreiste, dann kochte sie.

Die Backschaft war abgeschlossen und alles sauber, als Fiete den Kapitän ansprach. Er fragte ihn, ob er vielleicht etwas Vorschuss für einen Landgang bekommen könnte.

Der Kapitän blickte ihn entsetzt an, so als hätte er die Beulenpest und dann brach es aus ihm hervor: »Wieso willst du denn schon wieder Vorschuss haben?« Das Entsetzen beherrschte irgendwie seine Gesichtszüge, um dann eine weitere, irgendwie abstruse Frage zu stellen: »Willst du hier etwa an Land gehen? Du hast doch erst vor drei Wochen in Finnland 30 Finnmark von mir bekommen?!« Sein Gesichtsausdruck wandelte sich nicht, totale Verwirrung sprach aus seinen Augen: »Junge, was machst du nur mit dem ganzen Geld? Hast du denn auch genug zugetörnt? Ich kontrollier das mal eben, bin gleich zurück!«

Beim Hinausgehen sah er die anderen drei Seelords an: »Von euch auch noch jemand mit Geldwünschen, wenn ich schon mal dabei bin?« Welche Frage. Augenblicklich nickten alle drei bejahend mit ihren Köpfen. »Okay, okay«, murmelte der Alte und verließ schlurfend den Aufenthaltsraum, angeblich um vorerst einmal ihre Überstunden zu kontrollieren.

Fiete blickte Klaus und die anderen beiden Jungs an.

»Was soll das denn, da gibt es nichts zu kontrollieren, wir haben alle Guthaben satt! Wir haben doch in den vergangenen Wochen keinen fucking cent aufgenommen und nur zugetörnt, volle Kanüle. Und das bisschen Kantine schlägt doch kaum zu Buche.« Klaus, Jörn und Udo bestätigen Fietes Worte ein weiteres Mal durch kräftiges Kopfnicken. Just in diesem Moment betrat der Kapitän wieder den Raum. Donnerwetter was war geschehen? Er blickte die Jungs gutgelaunt und leutselig an. »Gut Jungs, ich werde jedem von euch 50,00 D-Mark aushändigen, damit müsst ihr aber für die Liegezeit, wie lange sie auch dauern mag, auskommen. Nachschlag gibt es nicht. Übermorgen ist Sonntag und laut Seewetterprognose soll Sonntag alles gelaufen sein. Also wisst ihr Bescheid!« Klaus, der älteste Dienstgrad an Bord, hob zögerlich die Hand, so als hätte er sich zu Wort melden wollen. »Na, Klaus, wat iss? Wat willste denn noch?«

Nun wurde der Kapitän sofort wieder unwirsch.

»Tja«, meinte Klaus und druckste ein klein wenig herum: »Wenn wir das komplette Wochenende hier vor Wind liegen, dann kommen wir mit 50,00 D-Mark aber nicht sehr weit. Sollten dann auch noch ein paar Mädel präsent sein, reicht die Kohle für nix. Mit 100,00 D-Mark wären wir doch etwas besser bedient, Herr Kapitän!«

»Mannomann Jung, wollt ihr die Insel kaufen? Okay, mach ich, weil ich ein gutes Herz habe, dann ist aber für die nächste Zeit nichts mehr.

Teilt euch das Geld ein.« Und dann zahlte er doch noch jedem der Vier 100,00 D-Mark aus. Nun hieß es nur noch, duschen, umziehen und dann an Land. Dann zogen sie los, fein in Zwirn und der eine oder andere hatte es mit dem Eau de Möff doch wohl etwas übertrieben. Vielleicht konnten sie ja doch noch ein paar leicht Mädel aufreissen. Kurz hinter dem Schutzhafen wurde an der ersten Kneipe schon mal ein kurzer Stopp eingelegt. Alle hatten plötzlich stechenden Durst.

In der Kneipe war es stickig und überhitzt. Es roch nach nassen Klamotten und aus der Musikbox schmetterte ihnen Barry Ryan seinen Tophit *ELOISE* entgegen. Am Tresen lehnten ein paar weibliche Wesen, sie wirkten aber auf die Jungs nicht wie Damen des horizontalen Gewerbes, sondern hinterließen einen normalen Eindruck.

»Okay, los!«, meinte Udo: »Nun lasst uns erst einmal ein Bier trinken, ich habe echt fürchterlichen Durst!«

Er hatte den Satz noch gar nicht ganz vollendet, da gab Fiete dem Kellner mit hoch erhobener Hand schon ein Zeichen und im Nu standen vier Biere vor ihnen.

Der Kellner machte noch eine Bemerkung, die aber keiner von ihnen verstand.

OSTFRIESEN – PLATT.

Plötzlich hatte der Decksmann Jörn eine Idee und die unterbreitete er auch sofort.

»Wisst ihr was, Leute?! Ich schleich mich mal zum Tresen. Will mal lauschen, was das dort für Mädels sind und was die so zu schnacken haben. Okay?«

»Ja, in Ordnung, mach dein Ding!«

Udo, Fiete und Klaus blieben erwartungsvoll an ihrem Tisch sitzen und genossen währenddessen ihr Bier.

Jörn war immer schon sehr von sich überzeugt und hielt sich für sowas wie einen Ladykiller, allerdings war er auch ein gutaussehender, junger Mann.

Lässig lehnte er sich in der Nähe der jungen Damen an den Tresen und versuchte, natürlich vollkommen abwesend tuend, ihrem Gespräch zu lauschen.

Aber so sehr er sich auch bemühte, er verstand kein Wort von dem, was die Mädels sich erzählten.

Die weiblichen Wesen unterhielten sich in einer für ihn unverständlichen Sprache.

Etwas enttäuscht und niedergeschlagen begab er sich zurück an den Tisch mit seinen Kollegen.

»Also Leute«, begann er ohne große Umschweife: »die Damen unterhalten sich in einer Sprache, die gibt es gar nicht. Ich habe nichts, aber absolut gar nichts verstanden von dem, was die von sich gegeben haben.«

Klaus beugte sich grinsend vor: »Die schnacken bestimmt Ostfriesen-Platt. Da muss ich dir Recht geben, das versteht auch kein Normalsterblicher. Da kannst du lauschen, bis du schwarz wirst. Aber verstehen? Keine Chance. Es sei denn, du kommst auch aus Ostfriesland.«

»Nee, das weißt du ja, das ist nun mal nicht meine Heimat. Also Leute, was machen wir jetzt?«

Fiete lehnte sich zurück, gab dem Kellner ein Zeichen für eine weitere Runde und brannte sich einen Glimmstängel an.

»Dann lasst uns man noch ein paar Bier trinken und danach begeben wir uns wieder an Bord.

Morgen Abend greifen wir dann richtig an, fahren vielleicht mit einem Taxi in die Inselhauptstadt. Da müsste es doch noch etwas mehr als nur dieses Bumslokal hier geben!«

»Das ist eine gute Idee«, nickte Jörn zustimmend mit dem Kopf und auch den anderen beiden gefiel die Idee. Die Jungs tranken noch in aller Ruhe einige Bier und trotteten dann zurück an Bord.

Sonnabend, zutörnen.

Es wurden die wichtigsten Arbeiten erledigt, die während des schlechten Wetters nicht erledigt werden konnten. Außerdem wurden alle Laschings der Deckslast überprüft und die Spannschrauben nachgezogen. Am späten Nachmittag war dann alles gelaufen. Die Maaten machten Ausscheiden, wie Reddy es ihnen gesagt hatte. Abends stand dann der Landgang auf dem Programm. »Aber sauft nicht so viel.«, lamentierte der Alte: »Das Wetter scheint sich, laut Vorhersage, in kürzester Zeit zu bessern. Also kann es sein, dass wir morgen losdampfen!«

»Okay, Herr Kapitän, alles klar!« Die vier der Deckscrew waren aufgekratzt und bester Laune, alle freuten sich auf den Landgang. Bei der bereits bekannten, ersten Kneipe charterten sich die Jungs ein Taxi und fuhren in die Inselhauptstadt. Auf der Insel Borkum hieß die Inselhauptstadt auch Borkum.

Im alten Borkum, so hatte Reddy erzählt, sollte es auch einige richtige, anrüchige Hafenkneipen geben. Sie sollten nur Acht geben und auf sich aufpassen. Auf der Insel war sehr viel Militär stationiert und die Jungs waren immer schnell mit den Fäusten dabei. Da ließen sie sich nun hinfahren, ins Auge des Orkans! In der Hafenkneipe angekommen, so schimpfte sich die Kaschemme, fühlten sie sich aber sofort pudelwohl.

»Für so eine Kneipe brauchst du überhaupt keine Landgangklamotten, am besten du lässt deine Arbeitsklamotten in so einem Laden gleich an!«

Für den Schnack bekam Fiete erstmal reichlich beifälliges Kopfnicken. Die Kneipe aber war gut für sie, reichlich Remmi – Demmi und einige Damen des horizontalen Gewerbes waren auch vor Ort. Nachdem die Vier dann einige Biere gezischt hatten, hob sich auch die Stimmung.

Dann luden sie zwei von den Damen, die Jüngeren, zu sich an den Tisch ein. Kaum saßen die beiden an dem Tisch bei den vier Seeleuten und hatten ihre Getränke vor sich stehen, da winkten sie noch zwei weitere, reifere Semester zu sich heran.

Udo, Klaus, Fiete und Jörn blickten höchst erstaunt, wie sich die Situation am Tisch so plötzlich veränderte.

»Na«, meinte Klaus mit krausen Falten auf der Stirn: »das kann ja vielleicht noch ganz lustig werden.«

Aber so richtig zustimmen wollte ihm in der Runde keiner. Denn, sofort nachdem die beiden Damen Platz genommen hatten, unterhielten sie sich augenblicklich wieder in ihrem eingeborenen Dialekt. *OSTFRIESEN – PLATT!!!*

Scheinbar hatten die leichten Damen aber sowieso nur Interesse an den Getränken. Jedenfalls mehr als an den jungen Seeleuten. Irgendwann hatte Fiete dann endlich die Faxen dicke, die Zeit schritt voran und er hatte schon ordentlich einen im Kahn.

»So, nun hört mal auf zu schwafeln«, woraufhin die vier *Damen* ihn pikiert ansahen: »kein Schwein kann hier eurer Unterhaltung folgen, geschweige denn sich mit euch unterhalten, weil keiner euer Kauderwelsch versteht.

Wat ist denn nu? Geht hier noch was in Sachen poppen oder nich?«

Kichernd stießen die vier *Damen* sich gegenseitig ihre Ellenbogen in die Seite, bis eine im schönsten hochdeutsch antwortete: »Weißt du was, mein Junge!«, und dabei grinste sie Fiete richtig fies an: »Terpentin macht den Pinsel weich! Du hast schon so viel gesoffen, du kriegst sowieso keinen mehr hoch!«

Nach ihren Worten erhoben sich die vier Grazien wie auf Befehl und winkten zum Abschied ganz dezent und eine weitere meinte ganz trocken: »Jungs, war schön mit euch, aber geht man an Bord, der Alte wartet bestimmt schon. Es soll aufklaren!«

Und auch sie grinste die Jungs ebenfalls nur seltsam fies an, danach zogen die Hühner von dannen.

VERDAMMT!

»Und nu?«, lallte Klaus vor sich hin: »So viel Geld für die Weiber ausgegeben, ohne ein greifbares Ergebnis.«

Udo, Fiete und Jörn waren auch ziemlich fix und alle, also murmelte Fiete nur noch: »Jungs kratzt die letzte Kohle für das Taxi an Bord zusammen. Ich will nur noch in die Koje und pennen!« Dieses Mal kam die Zustimmung seiner Kollegen von ganzem Herzen.

So ließen sie sich bis zur Gangway der *Eleonore* fahren, danach begaben sie sich, mehr oder weniger, unsicheren Schrittes in ihre Kammer.

Noch nicht einmal komplett in den Kojen angekommen, der eine oder andere Körperteil ragte noch aus der Koje heraus, aber das merkten sie schon nicht mehr, da hatte sie der Schlaf schon übermannt und der Alkohol gab ihnen den Rest. Irgendwann, später, die Jungs schliefen tief und fest, natürlich war ihnen in diesem Zustand jegliches Zeitgefühl abhandengekommen, da erschien der Kapitän in ihrer Kammer, in seiner Rechten trug er einen Gummiknüppel. Mit diesem schlug er nun vier-, fünfmal kräftig gegen das Schott. Sofort blickte aus jeder Koje ein äußerst verschlafenes Gesicht, total irritiert, mit absolut verstörtem Blick.

»Los, raus aus den Kojen ihr Suffköppe, wir laufen aus!«

Dabei schlug er, wie um seine Worte zu unterstreichen, abwechselnd gegen das Schott oder auf eine Stufe des Niederganges. »Solltet ihr nicht in kürzester Zeit auf euren Stationen auftauchen«, brüllte er weiter in den Raum: »dann hol ich euch, höchstpersönlich!« Sehr nachdrücklich setzte er hinzu: »Wünscht euch das lieber nicht!«

Nun erklang aus der Koje von Klaus so etwas wie: »Nun mach hier mal nicht so einen Aufriss und gib endlich Ruhe.«

Mit einem Satz war der Alte, niemand hätte ihm diese Beweglichkeit zugetraut, an der Koje von Klaus, zerrte ihn mit einer Hand halb heraus und fragte dabei sehr angespannt: »Hast du etwas gesagt, mein Junge?« Klaus war total perplex und schien auf den Schlag stocknüchtern zu sein, stotterte aber leicht: »Nein, nein, alles gut. Lass mich man nur los, damit ich mich anziehen kann.« Woraufhin der Kapitän einen Schritt zurück trat, um dann noch einmal mit Nachdruck in seiner Stimme, allen Anwesenden klarmachte, in Windeseile an Deck zu erscheinen. Nun sprangen die letzten Drei behände aus ihren Kojen und zogen blitzschnell ihre Arbeitsklamotten an, um dann sofort ihre Stationen zu besetzen.

Auf die Order des Kapitäns wurde das Kümo losgeschmissen und die Station sofort seeklar gemacht. »Siehste«, meinte Reddy und grinste Fiete schadenfroh an: »das kommt davon.«

Fiete blickte ihn todernst an und zischte nur für Reddy verständlich:

»Halt dein Schandmaul, sonst hau ich dir die Spillspake auf deinen hässlichen Schädel!«

Reddy wich erschrocken zurück und entfernte sich sehr flott.

Fiete hatte Seewache und ging ins Ruderhaus, wo er das Ruder vom Kapitän übernahm, dieser informierte ihn über den zu steuernden Kurs, welchen Fiete auch nach einer geraumen Weile wiederholte: »Kurs liegt an!« Er war die ganze Zeit während seiner Wache sehr wortkarg, antwortete nur das Notwendigste. Seine Gedanken kreisten immer noch um das soeben erlebte in ihrer Kammer. Und sein, zu Wachbeginn noch vager Gedanke, hatte sich binnen der letzten Stunden auf Wache zu einem endgültigen Entschluss verfestigt. Für ihn war nun alles klar.

Wortlos verließ er nach Wachende das Steuerhaus.

Nachdem er sich in die Koje gelegt hatte, lag er noch sehr lange wach, derweil sehr viele Gedanken sein Gehirn malträtierten.

»Im nächsten deutschen Hafen hau ich in den Sack. Der Alte ist ja gemeingefährlich. Son Scheiß lass ich mir nicht bieten, diese Drohung mit dem Lolli zum Wecken zu kommen. Abartig. Ich hau in den Sack!«

Und mit den Gedanken schlief er dann endlich ein.

»Terje Vigen«

Fährschiff Ostsee

Aarhus (DK) – Oslo (N)

Datenblatt: M/V »Terje Vigen«

Eigner: Im Dienst: Jens C. Hagen, Oslo (N)
Bereederung: Skan-Fähre KG; Hamburg
Unterscheidungssignal: DIAV
Heimathafen: Hamburg

Länge: 116,6 Meter
Breite: 19,2 Meter
Tiefgang: ./.

RORO – Fähre
Tonnage Volldecker: 5.731 BRT
GRT:
NRT:
tdw:

Tonnage Freidecker:
GRT:
NRT:
tdw:

Container Stellplätze: entfällt

Hauptmotor: Pielstick 12PC2V-400; 12.000PS, 520 UpM, 2
                                Schrauben
Geschwindigkeit: 18 Knoten

Bauwerft: Nouvelle Havre, Le Havre / F.
Bau – Nr.:   205
Stapellauf: Kiellegung: 04.04.1971
Indienststellung: 15.03.1973 / IMO-Nr. 7108203

Charter Name: entfällt

Verbleib: 1975 als »Armorique« für Brittany Ferry Routes, bis 25.12.1993. 1993 als »Min Nan« nach Xiamen / China, bis 06.10.1997. 1998 im Dienst als »Sheng Sheng«, bis 31.12.2003. 2003 als »Tirta Kencana I« nach Indonesien für Dharma Lautan, Utama, Surabaya, bis 02.04.2010, danach als indonesische »Musthika Kencana II«. Zurzeit nicht in Fahrt.

M / V »Terje Vigen« Fährdienst Ostsee, Winter Anfang 1975

Bevor die Geschichte beginnt, möchte ich hier **zwei Zitate** *von* **Hans-J. Pust, ehemals Funker,** aufführen, die ich mit seiner freundlichen Genehmigung, hier abdrucken darf.
Er fuhr, als Funker auf der *Terje Vigen* in den Sommern des Jahres 1973/1974 als Urlaubsvertretung.

Erstes Zitat: Auf der *Terje Vigen* fuhr ich nur noch als Urlaubsvertreter, aber sie verdient trotzdem Beachtung, weil sie kein normales Frachtschiff war, sondern als Fährschiff zwischen dem dänischen Aarhus und Oslo im Liniendienst verkehrte. Sie konnte 400 Passagiere in erster und zweiter Kl.-Kabinen, 165 PKW und 19 40-Fuß-Trailer befördern. Die Abfahrtzeiten waren in Aarhus und Oslo jeweils um 16:00 Uhr und die Ankunftszeiten um 08:00 Uhr.

Zweites Zitat: Sehr ungünstig war es, dass sich die bordeigene *Arrest- und Ausnüchterungszelle* direkt über meiner Kammer auf dem Peildeck befand. Leider kam es nahezu in jeder Nacht vor, dass Fahrgäste *zu tief ins Glas geschaut* hatten, (kein Wunder bei den für skandinavische Verhältnisse günstigen Preise für Alkohol) und sich nicht *anständig* benahmen. Diese wurden von einem *bordeigenen Kommando* kurzerhand festgenommen und bis kurz vor Ankunft des Schiffes dort eingesperrt. Manche *Kameraden* liefen dort zur Höchstform auf, sangen und randalierten noch stundenlang, was ich hautnah mitbekam.

Meistens verzog ich mich dann für einen Drink an die Bord-Bar, in der Hoffnung, dass meine *Zellennachbarn* in der Zwischenzeit eingeschlafen waren.

M/V »Terje Vigen«   Winter, Anfang 1975

Arbeitsunfall und Trost
Fähre im Liniendienst Aarhus – Oslo – Aarhus

Die *Terje Vigen* war für Fiete ein ganz normales Fährschiff und verkehrte täglich zwischen Dänemark und Norwegen. Die Reise ging immer gegen 16:00 Uhr los und endete am nächsten Morgen um 08:00 Uhr mit Einlaufen in den Zielhafen. Und so ging es immer hin und her: Aarhus-Oslo-Oslo-Aarhus-Aarhus-Oslo-Oslo- und so weiter. Bei Hein Seemann hieß es ja ganz allgemein, weiße Schiffe sollte man meiden: *»Außen weiß, innen Scheiß!«*

Naja, Schnacks!

Das traf auf die *Terje Vigen* aber nicht so ganz zu.

Es war von Fiete auch ganz schön waghalsig, im tiefsten Winter in Skandinavien auf einer Auto- beziehungsweise Personenfähre anzumustern.

Fiete war schon einige Zeit an Bord der Fähre und alles lief rund. Sie luden in Aarhus für Oslo und waren schon voll in der Beladung. Betrieb war immer reichlich, als der Zweite Offizier an Fiete herantrat und ihn ansprach: »Übernimm mal für einen Augenblick die weitere Beladung, bin gleich zurück. Du weißt ja, zuerst immer die Auflieger, danach die PKW! Okay?«

»Yes, alles gut. Geht klar!«

Fiete rückte seinen Elbsegler zurecht und rief dann über sein Walkie-Talkie den, an der Heckrampe stehenden, Matrosen. Er solle die nächsten

LKW reinschicken. Und so geschah es dann auch. Fiete und ein weiterer Decksmann wiesen die ankommenden Trucks ein. Er stoppte dann auf dem angewiesenen Stellplatz, Bremse fest, Motor aus und gut.

Nächster Truck!

Wieder die gleiche Fahrebene, hinter dem bereits abgestellten LKW, Abstand okay, gut, fertig.

Die, als Lascher eingeteilten Decksleute, wollten sofort ans Werk gehen und das Fahrzeug sichern, als sich die Fahrertür des soeben hereingelotsten Trucks öffnete und ein total betrunkener norwegischer Trucker im Tiefflug seine Fahrerkabine verließ. Fiete und sein Kollege eilten augenblicklich zu dem Fahrer, um ihm wieder auf die Beine zu helfen. Zum Glück hatte der Fahrer sich nicht verletzt, allerdings war er volltrunken, wie es voller nicht ging. Dass der Typ seinen Sattelzug noch so sauber im Auto-Deck geparkt hatte, grenzte schon an ein Wunder. Plötzlich wurde der norwegische LKW-Fahrer etwas unwirsch und ging auf Fietes Kollegen los. In Windeseile hatten Fiete und ein weiterer Kollege sich den Fahrer geschnappt, drehten ihm kraftvoll die Arme auf den Rücken und drückten den Kopf des Fahrers gegen den Truck.

»Los, Herbert, ruf mal die Jungs des Kommandos, sie sollen hier einen renitenten Norweger vom Auto-Deck abholen. Aber etwas zack, zack, wir haben noch mehr zu tun!«

Dann sah er wieder den Norweger an und meinte nur ganz relaxt: »Weißt du was, mein Junge? Für Typen wie Dich haben wir auf dem Peildeck extra ein Chalet eingerichtet, eine Gummizelle.

Dort kannst du dich nach Herzenslust austoben, aber mach nicht so lange, der Funker muss auch mal zur Ruhe kommen.«

Und das war natürlich nicht nur ein Spruch von Fiete. Die Gummizelle auf dem Peildeck hatte tatsächlich ihre Daseinsberechtigung, denn es gab immer wieder harte Hunde, die von dem bordeigenen Spezialkommando dort für die Nacht zum Ausnüchtern untergebracht wurden.

Der Fahrer war aber einsichtig und verschwand in Begleitung von zwei Jungs des Kommandos kleinlaut in Richtung Lift, um dann einzuchecken.

Mittlerweile war auch der Zweite Offizier wieder auf dem Auto-Deck und griff sich Fiete sofort:»Verdammt, was hast du gemacht?«

Mit großen, weitaufgerissenen Augen starrte er Fiete an.

»Wir haben sehr stark Steuerbordschlagseite! Du kannst doch nicht alle LKW auf eine Seite stellen. Die Passagiere können bei dieser Schlagseite gar nicht an Bord gelangen. Wir müssen alle weiteren Trucks und Auflieger an die Backbordseite nehmen. Okay?!«

»Ja, machen wir. Verdammte Kacke! Habe ich einfach nicht drauf geachtet. Aber es ist ja auch noch kein Meister vom Himmel gefallen, oder?«

»Okay, so, jetzt halt mal die Klappe und lass uns weiterladen.«

Dann wurden die nächsten Auflieger und LKW zur Backbordseite gelotst und nach kurzer Zeit lag der Dampfer wieder auf ebenem Kiel und die Passagiere konnten ohne weitere Probleme an Bord gelangen.

Der Zweite Offizier führte die Ladungsarbeiten fort, während Fiete und Herbert damit begannen, die LKW zu laschen.

Die LKW wurden mittels Ketten gelascht und durch das Spannen eines Hebels, den Kettenspanner, erhielt der See Lord die richtige Steifigkeit der Kette. Danach wurde der Kettenspanner gesichert.

Fiete und Herbert waren beim letzten LKW angelangt und befestigten den vorletzten Lasching, als just in dem Augenblick, als Fiete die Sicherungskette einhaken wollte, die Verlängerung abrutschte. Der Kettenspanner schnellte, ohne Kontrolle, zurück und der Hebel des Kettenspanners knallte ihm volles Ding vor den Schädel, traf mit ganzer Wucht direkt seine linke Stirnseite, einen Zentimeter über dem linken Auge.

Fiete setzte sich erst einmal, ob dieses deftigen Treffers, erschrocken auf seinen Allerwertesten. Herbert war sofort bei ihm, weil das Blut in Strömen aus der klaffenden Platzwunde quoll und ihm übers linke Auge und Wange in den Bart lief. Schnell hatte er seinen Elbsegler abgenommen und hielt ihn so, dass das Blut dort hineintropfen konnte. So saute er sich wenigstens nicht auch noch seine Arbeitsklamotten ein.

»So eine Kacke, das hätte aber nicht mehr sein müssen! Mist verdammter. Aber egal«, er blickte sich um, suchte den Zweiten Offizier, fand ihn aber nicht auf Anhieb.

»Ich begebe mich mal eben auf die Brücke, da ist bestimmt der Erste Offizier, der kann mir die Wunde gleich mal richtig versorgen. Sobald du den Zweiten siehst, informier ihn mal, aber ich bin auch gleich wieder zurück, glaube ich.«

Schon stratzte er in Richtung Brücke, mit dem Elbsegler vor sich in der Hand, los.

Auf der Brücke fand er den Ersten Offizier und den Kapitän im Kartenhaus.

»T'schuldigung«, meinte Fiete an den Türrahmen des Kartenhauses gelehnt: »könnte mich vielleicht mal eben kurz jemand verarzten, damit ich wieder runter kann!«

Der Kapitän und der Erste sahen Fiete an und waren wahrscheinlich wegen des vielen Blutes in seinem Gesicht zuerst einmal total geschockt.

»Man Kerl, was hast du denn jetzt schon wieder gemacht!«, entfuhr es dem Kapitän.

Fiete überlegte kurz: »*Was hat er denn? Merkwürdig, ist doch das erste Mal, das mir was passiert ist.*«

Der Erste gab ihm ein Zeichen, ihm zu folgen und nötigte ihn, sich auf einen Stuhl zu setzen, säuberte sein Gesicht etwas und zum Schluss die Wunde. »Na, mein Freund, da hast du aber Sott gehabt. Das hätte auch im wahrsten Sinne des Wortes ins Auge gehen können.«

Er blickte in Fietes ungläubiges Gesicht. »Ja, der Hebel ist genau in deiner linken Augenbraue eingeschlagen. Du hast ganz schön Glück gehabt, würde ich sagen. Okay, ich tacker jetzt.

Achtung, es zieht!«

Er setzte das Gerät an und *Zack, Tack*, ein kurzes, festes Ziehen und die erste Klammer saß. Die Prozedur wiederholte sich noch dreimal. Dann war alles wieder wie neu, danach desinfizierte er noch einmal den kompletten Wundbereich und klebte eine alles abdeckende Kompresse darüber, sicherte sie mit etlichen Tape-Streifen.

»Informier den Zweiten und solltest du zu starke Kopfschmerzen bekommen, dann machst du Ausscheiden bis zu dem Beginn deiner Wache um 08:00 Uhr heute Abend. Alles klar?«

»Alles gut, bis heute Abend.«

Fiete stiefelte zurück zum Auto-Deck und erzählte alles dem Zweiten Offizier und der meinte nur: »Hau man ab. Geh duschen, iss was in der Mannschaftsmesse, wirf dir zwei Kopfschmertabletten ein und leg dich etwas hin, dann bist du auch wieder einigermaßen fit für deine Wache.«

Gesagt, getan. Nach dem Essen haute er sich aufs Ohr, um für seine Wache von 08:00 Uhr bis 12:00 Uhr wieder fit zu sein.

Die sogenannten *Hotelreinigungsarbeiten* auf dem Schiff wurden in jedem Hafen von ortsansässigen, meist weiblichen Reinigungskräften erledigt, in Oslo die norwegische Reinigungscrew und in Aarhus die Dänische.

Da der Alkohol in beiden skandinavischen Länder nicht gerade zu Schnäppchenpreisen verkauft wurde, machte die norwegische Reinigungscrew, oder besser gesagt einige der Damen, ab und an eine kleine Reise auf der *Terje Vigen*, um in Flensburg tagsüber einzukaufen und dann am Abend mit dem Schiff wieder zurück nach Oslo zu reisen.

Natürlich zu Sonderkonditionen, Personalpreise. So war es dann auch in dieser Nacht bei Smilla, Lara und Svea. Die drei Mädels der Reinigungscrew waren auf der Rückreise von ihrem Einkaufstrip in Flensburg. Ihre ureigene Party startete um 08:00 Uhr am Abend in Smillas Kabine. Fiete war bekannt, dass einige Mädels der Reinigungstruppe auf der Heimreise von Flensburg nach Oslo waren. Und er kannte Smilla seit einigen Reisen – rein vom *Guten Tag* und *Guten Weg* sagen, vom Grüßen also – eigentlich gar nicht richtig.

Smilla war eben eines der drei norwegischen Mädels, die in Flensburg zur Shopping-Tour waren. Die Skandinavierinnen sind alle keine Kinder von Traurigkeit und wenn sie etwas getrunken hatten, musste man schon etwas Vorsicht walten lassen.

Fiete zog um 08:00 Uhr mit seinem Kollegen auf Wache. Draußen war es stockdunkel, nur an Steuerbord Achteraus waren noch ein paar Lichter von der dänischen Insel *Anholt* zu sehen. Nun befanden sie sich mitten im Kattegat. So verabschiedeten sie sich von der 04:00 Uhr bis 08:00 Uhr Wache und wünschten den Kollegen gute Ruhe.

Auch der Kapitän befand sich zu diesem Zeitpunkt noch auf der Brücke und unterhielt sich leise mit dem Zweiten Offizier. Die Automatik lief. Fiete und sein Kollege standen auf Ausguck, sein Kollege in der Nock und er in der Brücke am Radar. Im Kattegat war immer sehr viel Betrieb, das hieß immer schön aufmerksam sein.

Jeder Dampfer, der neu in ihr Blickfeld geriet, wurde gemeldet und weiter beobachtet. Hauptsächlich in welche Richtung er sich bewegte. So verging die Zeit allmählich.

Mittlerweile war es kurz vor 10:00 Uhr – Halbzeit – und Zeit für die Feuerrunde. Auf der Fähre ging immer eine Person des Wachpersonals einmal pro Wache eine Feuerrunde von circa einer Stunde. Dabei mussten zehn Positionen im Schiff angelaufen werden und dafür waren dort Stechuhren angebracht, die der Wachgänger auf seinem Kontrollgang mit seinem Schlüssel einmal umschloss. So konnte später immer festgestellt werden, dass der Wachgänger die Position angesteuert hatte.

Fiete bewegte sich von der Brücke abwärts, zuerst kontrollierte er die mittlerweile schon geschlossenen Restaurants. Es sollten an und für sich keine mitreisenden Gäste in den Restaurants übernachten, aber ab und an schaffte es doch der ein oder andere Backpacker sich in eine, nicht sofort einsehbare, Ecke zu verziehen, um dort zu nächtigen.

Mancher Anblick während der Feuerrunde machte auch aus einem abgebrühten Seemann beinahe einen Spanner. Zumal dort dann auch mal junge Mädels lagen und mit unbedecktem Oberkörper schliefen, außerhalb des Schlafsacks.

Aber Hein Seemann war Kummer gewöhnt und ging weiter seine Feuerrunde. Er kontrollierte im Vorschiff die Frontklappe des Auto-Decks, ob alles gut gelascht und sicher verschlossen war. Stechuhr! Durch die

Betriebsgänge auf das Auto-Deck, Kontrolle, alles seefest, kein Brandgeruch. Stechuhr!

Danach weiter durch die Betriebsgänge der Passagiere, alles gut. Stechuhr!

Weiter unten, tiefer im Schiff, immer noch Betriebsgänge der Passagiere kontrollieren, da fiel Fiete eine geöffnete Kabinentür auf.

»Was ist das? Einbrecher? Oder? Na, erst mal kurz nachsehen!«

Er warf einen Blick in die Kabine und erblickte ein Paar bei einem sehr intensiven Liebesspiel, begleitet von lautem Gestöhne. Leise und behutsam zog er die Kabinentür von außen zu.

Zügig ging er weiter, beinahe schon am Ende des Ganges, nahe der letzten Kontrollstation, wieder eine offene Kabinentür und aus der Kabine erklang ziemlich laute Partymusik.

Hier musste er natürlich freundlich auf die Ruhezeit hinweisen.

Er klopfte an die halbgeöffnete Tür und war höchst erstaunt. In der nun ganz geöffneten Tür stand Smilla, in ihrem Hintergrund hörte er noch weitere Stimmen. »Hello Sailor«, gurrte Smilla, sie wirkte auf Fiete angetrunken, zudem war sie recht freizügig bekleidet: »Come in, it's partytime!« Fiete hatte sofort ein merkwürdiges Kribbeln in der Magengegend.

»Sorry, I'm on work. Ich gehe meine Feuerrunde für eure Sicherheit.« Sie blickte ihn mit einem aufmunternden Augenaufschlag, man könnte auch sagen *Schlafzimmerblick* an, machte eine Handbewegung, die ihm bedeutete einzutreten. Er trat halb in die Kabine, Smilla schmiegte sich sofort an ihn und er erblickte zwei weitere, dürftig bekleidete weibliche Wesen der Reinigungscrew. Lara und Svea.

»Also hört mir mal bitte zu, ich darf hier nicht rein, ich bin auch gar nicht hier. Ich habe Wache und muss zurück auf die Brücke. Allerdings ist meine Wache in etwa einer Stunde beendet und dann habe ich frei! Dann könnte ich euch besuchen.«

Er blinzelte mit dem rechten Auge und seine bisher mäßige Laune verbesserte sich von Minute zu Minute. Smilla begann sich sinnlich hin und her zu bewegen und sagte leise: »In einer Stunde bin ich ganz allein.

Schreib dir meine Kabinennummer auf und dann kommst du noch auf ein Bier vorbei?!«

»Ja, prima Idee! So machen wir das, dann können wir ja noch etwas schnacken.«

»Ja … schnacken!«, meinte Smilla sehr langgezogen und vielsagend, gab ihm einen Kuss auf die Wange und hauchte ihm ein: »Bis später«, hinterher. Der Zeitraum bis zum Wachende war recht kurzweilig und verging wie im Fluge. Es gab etliche Dampfer die ihm entgegenkamen, die zu melden und natürlich im Auge zu behalten waren. Dabei wurde niemandem langweilig.

Nachdem dann um Mitternacht die 00:00 Uhr bis 04:00 Uhr Wache aufgezogen war, verabschiedete sich Fiete und machte sich heimlich, immer darauf bedacht, dass ihn niemand sah, auf den Weg zu Smillas Kabine. Als er die Kabine erreichte, fand er die Tür geschlossen, irgendwelche Geräusche oder Lärm waren auch nicht mehr zu hören. Er klopfte zaghaft an die Kabinentür und sie wurde wie von Geisterhand geöffnet und dann lugte nur der Kopf von Smilla hinter der Tür hervor, wieder mit einem schelmischen Lächeln im Gesicht. Rasch schloss sie die Tür hinter Fiete und in dem abgedunkelten Raum konnte er noch erkennen, dass sie vollkommen nackt vor ihm stand.

»Komm, Sailor«, säuselte sie: »Zieh dich schnell aus, dann legen wir uns ins Bett und können schnacken!«

Tatkräftig unterstützte sie Fiete, weil es ihr wohl nicht schnell genug ging, so wie er sich auszog. »Sag mal, was ist eigentlich mit deiner Stirn passiert?«

Während sie vorsichtig über den Pflasterverband strich, hatten sie es gemeinsam geschafft. Nun war auch Fiete bar aller Kleidung. Er blieb ihr aber die Antwort auf ihre Frage schuldig.

Im Bett angekommen, kuschelte sie sich ganz dicht an ihn. Gern ließ Fiete es geschehen, denn Smilla war ja nicht abstoßend, sondern sehr appetitlich, wohl proportioniert und gut gebaut, zudem hatte sie ein hübsches Gesicht, aber immer irgendwie den Schalk im Nacken.

Sie kuschelte sich dicht an ihn, so dass er sofort ihre Körperwärme spürte und natürlich ihre Rundungen mit allen Sinnen genoss. »Du, Smilla, aber eine Frage habe ich wirklich.«

Als er das sagte, musste sie unvermittelt lächeln, aber mehr für sich.

Dann fuhr er fort: »Was findet ihr eigentlich so interessant an deutschen Jungs?«

Erwartungsvoll blickte er sie an, obwohl es bei den schummrigen Lichtverhältnissen alles etwas diffus wirkte. Mit viel Mühe konnte er sich auf ihre Gesichtszüge konzentrieren.

»Das will ich dir sagen.«, antwortete sie bereitwillig: »Ihr deutschen Jungs seid immer nett und freundlich. Die Norweger sind da mehr wie die Bauernlümmel. Du, zum Beispiel, bist immer nett, höflich und kannst auch noch charmant sein. Wir haben uns ja schon ziemlich oft hier an Bord gesehen, sobald wir hier zum Arbeiten an Bord waren. Du warst immer nett, nie aufdringlich oder irgendwie obszön. Das findet man hier nicht so oft.«

Fiete lehnte sich entspannt in dem großen Bett zurück und murmelte nur: »So, so«, als urplötzlich die Kabinentür geöffnet wurde und in der nächsten Sekunde schon wieder verschlossen war. Der Schlüssel drehte sich leise im Schloss. Ehe er noch wirklich Luft holen konnte, lagen auch schon Lara und Svea mit ihnen im Bett. Smilla nahm Fietes Kopf in beide Hände und gab ihm einen langen, intensiven Kuss, danach meinte sie leicht verschmitzt: »So, nun wollen wir es dir mal so richtig schick machen!«

Und dann spürte er plötzlich sehr viele Hände an seinem Körper. Ein nie gekanntes Glücksgefühl durchströmte seinen Körper. Seine Gedanken überschlugen sich förmlich.

»Was geht denn hier ab? Mit drei jungen Frauen! Ich glaube ich werde wahnsinnig.«

Dazu sollte er auch allen Grund haben, denn Smilla reckte soeben ihre stramme Brust mit aufgerichteter Brustwarze in die Nähe seines Mundes, so dass die steif aufgerichtete Brustwarze direkt an den Lippen seines Mundes klebte. Lara hatte derweil sein Glied in ihre Rechte genommen und begann, es sanft zu massieren. Das Licht in der Kabine wurde etwas heller. Svea hatte eine Lampe von dem darüber hängenden Tuch befreit, während Smilla sich Fietes rechter Hand bemächtigte und diese zwischen ihre heißen Schenkel dirigierte. Als diese immer höher kroch wurden die Bewegungen von Smillas Unterleib immer unruhiger.

Lara nahm derweil seine noch freie linke Hand und zog sie an ihre Brüste, um ihm zu vermitteln, die beiden zu liebkosen. Svea hatte sich inzwischen neben Lea gesetzt und liebkoste sie von der Hüfte abwärts, es erschien Fiete so, als würden die Mädels dieses Spiel nicht zum ersten Mal spielen.

Fietes Penis war mittlerweile so hart, als wäre er kurz vor eine Explosion. Lara hatte Smilla wohl irgendein verstecktes Zeichen gegeben, jedenfalls rollten die beiden Fiete nun auf den Rücken und Lara nahm seinen Penis, hielt ihn in Position, während sich Smilla langsam auf ihn setzte. Alles war so schön weich und zart, sanft drang er in sie ein, bis in die Unendlichkeit.

Sie kamen zusammen zu einem Orgasmus, der sie bis an den Rand einer wundervollen Ohnmacht trieb.

Als die beiden nach dem Liebesakt ausgepumpt auf dem Bett lagen, machten sich Svea und Lara daran Fiete wieder etwas aufzumöbeln.

Während sich Smilla und Lara mit einander vergnügten, setzte sich Svea auf Fiete und ein weiterer atemberaubender Liebesakt nahm seinen Lauf.

Irgendwann, ohne jegliches Zeitgefühl und auch sonst ohne viel Gefühl, in den frühen Morgenstunden, schlich sich Fiete aus Smillas Kabine, die Mädels lagen mit- und übereinander im Bett und schliefen tief und fest.

»Oh Boy, what a night!«, schoss es Fiete durch den Kopf. Und dann in der nächsten Minute:
»Ich bin so kaputt und ausgelaugt! Ich glaube ich sterbe!«

Fiete taumelte seiner Kammer entgegen und hatte dabei einen fürchterlichen Brummschädel, wahrscheinlich war das der Verletzung geschuldet, vielleicht hatte er sich auch etwas übernommen. In seiner Kammer angekommen, warf er sich in voller Montur auf seine Koje und schlief augenblicklich ein.

Nachtrag: Und so oder so ähnlich ging es weiter, jedes Mal nach Einlaufen in Oslo fand eine der drei Grazien eine Chance oder Gelegenheit, mit Fiete einen Liebesakt zu vollziehen.

Sie kannten sehr viele Tricks. Fiete musterte nach anderthalb Monaten Fahrtzeit von der *Terje Vigen* ab. Er kam sich selbst vor wie ein wandelndes Wrack, er hatte in der Zeit schon knapp 10 Kilo abgenommen.

»Hornmeer«

Europa – Karibische See – Europa – Linie

Datenblatt: M/V »Hornmeer«

Eigner:	Horn-Linie oHG, Hamburg
Bereederung:	Reederei, Hornlinie Hamburg
Unterscheidungssignal:	DIFH
Heimathafen:	Hamburg

Länge:	127,05 Meter
Breite:	19,83 Meter
Tiefgang:	11,00 / 8,05 Meter

Tonnage Volldecker

GRT:	4.522 t
NRT:	
tdw:	7.500 tdw

Tonnage Freidecker

GRT:
NRT:
tdw:

Container Stellplätze:	entfällt

Hauptmotor:	1 Zweitakt-Sechszylinder-Motor mit 7.200 PS, gebaut von MAN, Augsburg
Geschwindigkeit:	18 Knoten

Bauwerft:	Howaldtswerke – Deutsche Werft AG, Hamburg – Finkenwerder (Bau Nr. 830)
Stapellauf:	28.02.1969
Indienststellung:	26.06.1969

Verbleib: 27.01.1975 als LOUISIANE an Cie. Générale Transatlantique, Dünkirchen, (Fra). 1977 Heimathafen Le Havre (Fra). 1979 an Cie. Générale Maritime (CGM). 1980 als PEGASUS an Taurus Shipping Inc., Piräus (GRC). Mgrs. Valmas Bros. Shipping SA. 1982 MGRS. Seastar Navigation Co. Ltd. 1984 als HUA WAH an Hua Wah Shipping Co. Ltd. Panama, Mgrs. wie vorher. 1986 an Farncombe Shipping Co., Panama, 1989 via China Ocean Shipping Co. (COSCO) als XING LI an Shantou Navigation Co., Shantou (CHN). 1993 an Guangdong Shantou Navigation Co., Shantou. 1995 als GUANG YUN an Guang Dong Shipping Co. Ltd., Shekou. 1998 neu vermessen, nun BRZ 7.206 / 7382 tdw. 2003 in Fahrt.

M/V »Hornmeer« Herbst 1970

Früher Arbeitsunfall mit fatalen Folgen
Linie: Europa – Karibik – Europa

Beinahe ein Jahr hatte Fiete kein Schiff mehr betreten, seit er vom Küstenmotorschiff *Buchholz* abgemustert hatte. Aber nun hatte er wieder ein Schiff unter den Füßen und was für eines, die *Hornmeer*, der Reederei *Horn* aus Hamburg. Ein Frachtschiff allererster Couleur, vollautomatisches Geschirr, Masten und Ladebäume weiß und Außenbords steingrau angepönt – nur vom Feinsten!

Und dann noch das Fahrtgebiet: Karibik! Ein Traum!

Das Weiß der Masten und der Ladebäume, so konnte Fiete es sich gut vorstellen, bedurfte allerdings viel Pflege. Trotzdem war es auf den ersten Eindruck ein prima Dampfer mit Einzelkammern, Aircondition.

Das war ein richtiger Luxus!

Erstmal schauen, wie das mit dem Personal so aussieht.

Die *Hornmeer* hatte auf ihrer Reise schon etliche Häfen in der Karibik abgeklappert und war in der letzten Nacht im Port of Spain eigelaufen. Morgens ab 06:00 Uhr war Zutörnen angesagt.

Fiete und Decksmann Dieter waren im Aufbautenbereich mit Farbewaschen beschäftigt und dementsprechend, wie es eben in den Tropen so üblich war, gekleidet: kurze Hose, T-Shirt und Badelatschen.

Die beiden hatten soeben ihre erste Smoketime hinter sich gebracht und kehrten frohen Mutes aufs Bootsdeck zurück. Die Aufbauten leuchteten bereits wieder in einem frischen, sauberen Weiß und das Deck erstrahlte in einem satten Grünton. Was Fiete aber gar nicht so richtig auf dem Zettel hatte: Ein gut gestrichenes Deck, viel Seife auf demselben und ordentlich Frischwasser, waren eine brisante Mischung für seine Badelatschen.

So war es dann auch kein Wunder und es kam, wie es kommen musste, eine hektische Bewegung, er rutschte aus, verharrte einen Sekundenbruchteil waagerecht in der Luft mit wild rudernden Armen, bevor er mit seinem linken Oberschenkel voll auf das nasse Deck knallte – und zwar auf die Kante des Decksabschlusses, dort wo man den Niedergang hinabging. Ein stechender Schmerz zog quer durch seinen ganzen Körper, von den Zehen bis zum Scheitel.

»Verdammte Kacke, was war das denn?«, dachte er noch und versuchte sich wiederaufzurichten.

Sein Kollege war Sekunden später schon bei ihm und half ihm wieder auf die Beine.

»Mensch, was machst du denn für Sachen? Ich meine, Sicherheitsschuhe sind das ja auch nicht gerade, was du da an deinen Mauken trägst!«, ließ er fast nebenbei vernehmen.

Fiete blickte ihn kurz unsicher an, tastete kurz seinen Oberschenkel und die Hüfte ab. War nichts, ging schon. Im Moment schmerzte da nichts, alles in Ordnung.

Sie wollten soeben fortfahren, da erschien der Bootsmann auf dem Bootsdeck.

»Du, Fiete!«, begann er sofort ohne Umschweife: »lös mal die Raumwache in Luke vier ab, Vorkantebrücke, damit der Jung frühstücken kann. Danach kommt er wieder runter und dann gehst du zum Frühstücken in die Messe. Alles roger?«

»Okay, Bootsmann. Krieg ich hin!«

Kurz darauf begab Fiete sich nach Luke vier, um seinen Kollegen dort abzulösen. Er stieg die Raumleiter hinab, war ja kein großes Unterfangen, denn die Docker arbeiteten im Zwischendeck, aber da merkte er schon, bei jeder Stufe der Raumleiter ein leichtes ziehen im Oberschenkel. Sein Kollege verließ das Zwischendeck und freute sich auf sein Frühstück.

Fiete machte es sich auf einer Kiste bequem und hatte somit alle Docker in der Luke voll im Blick.

Aber die Stauer arbeiteten vorbildlich, jedenfalls konnte er keine gravierenden Unregelmäßigkeiten feststellen. Nach einiger Zeit kam sein Kollege zurück und wollte nun natürlich den Job der Raumwache wieder übernehmen. »So, Fiete, kannst dich jetzt verkrümeln. Geh frühstücken!« Aber Fiete machte keine Anstalten, sich von der Kiste wegzubewegen.

»Was ist los mit dir? Hast du keinen Bock?«

»Ich würde ja gern, aber ich habe unheimliche Schmerzen in meinem linken Oberschenkel und der ist verdammt stark angeschwollen. Ich bin nämlich vorhin, beim Farbewaschen auf dem Bootsdeck ausgerutscht und gestürzt.« Legte er als kurze Erklärung nach.

Und nun konnte sein Ablöser es auch erkennen. Das Hosenbein der kurzen Hose war vollkommen ausgefüllt und strammte schon richtig am Hosensaum der kurzen Hose.

Der komplette Oberschenkel war um mindestens ein Viertel seines vorherigen Umfanges angeschwollen.

Sein Kollege hatte genug gesehen und sprintete die Raumleiter hinauf an Deck und in Windeseile kam er mit dem Bootsmann und dem Zweiten Offizier zurück. Die hatten schon einen Tragekorb geordert, der dann auch am Kranhaken in die Luke einschwebte.

Fiete konnte sein Bein überhaupt nicht mehr belasten, also halfen ihm die Schauerleute und legten ihn in den Rettungskorb, wo der Zweite und der Bootsmann ihn anschnallten.

Der Kran drehte den Rettungskorb an Land, wo bereits ein Krankenwagen wartete und die Krankenwagenbesatzung ihn in Empfang nahm. Nachdem er auf die Trage des Krankenwagens gebettet war, wurde ihm zuerst einmal eine schmerzstillende Flüssigkeit injiziert. Er merkte nicht einmal mehr, dass einer der Sanitäter vorsichtig sein linkes Hosenbein aufschnitt. Er bekam auch nichts von der Fahrt ins Krankenhaus mit, erst im Krankenhaus war er wieder einigermaßen aufnahmefähig.

Das Hospital in das Fiete eingeliefert wurde, gehörte zu der Freikirche der »Seventh – Day – Adventist«.

Nach dem Röntgen hatte er dann endlich Klarheit. Seine linke Hüfte war durch den Aufprall an der Kante stark angeschlagen. Ärgerlich war nur, dass seine linke Hüfte bei einem Motorradunfall vor Jahren auch schon sehr stark verletzt wurde. Daher befürchtete er nun Schlimmeres. Es waren zum Glück im Unglück nur starke Prellungen, die sich aber als äußerst schmerzhaft erwiesen.

Der chinesische Arzt, Doktor Wang Tau, der ihn als seinen Patienten betreute, hatte ihm noch eine weitere schmerzstillende Spritze verabreicht. Fietes linkes Bein ruhte nun mit leicht angewinkeltem Knie in einer hochgestellten Schiene und war in einem Streckverband verankert.

Er hatte sich dann endlich in dem Krankenbett zurückgelehnt, wollte sich nur noch entspannen und die Medikamente wirken lassen.

Allerdings schien sein Krankenzimmer sich zu einer Art Magnet zu entwickeln: Pfleger, Pflegerinnen, Krankenschwestern, sie alle gaben sich die Klinke in die Hand, alle wollten den jungen, deutschen Sailor sehen.

Schließlich war er der einzige Weiße auf der Station und wahrscheinlich der einzige Deutsche im ganzen Hospital.

In einem weiteren Bett, ein Stück von ihm entfernt im Zimmer, lag ein Inder, sein Name war Shinta und der zog genussvoll an seiner Zigarette, blies den Rauch in den Raum.

Fiete traute seinen Augen nicht.

»Der Kerl liegt in der Koje und smökt in aller Ruhe! Ich glaube es nicht.«

Er drehte sich, so gut es ging, auf die Seite, zog sich den kleinen, rollenden Nachttisch heran. In der obersten Schublade lagen seine kompletten Habseligkeiten. Alles was sich in seinen Taschen befunden hatte, unter anderem auch seine Glimmstängel.

Fiete winkte seinem etwas entfernt stehenden Bettnachbarn zu: »Hello, where do you have the ashtray?«

»Call the nurse, for the ashtray! Smoking here is okay, but only without the ward round.«

«Okay, many thanks.«

Auf den zweiten Blick sah er, einen kleinen Aschenbecher auf dem Beistelltisch stehen und den zog er zu sich heran, zündete sich einen Glimmstängel an und genoss jeden Zug.

Etwas später betrat eine schlanke, nette, junge, dunkelhäutige Krankenschwester das Zimmer und stellte sich als Jennifer Charles vor. Im gleichen Atemzug fragte sie, ob er den Kuchen mit Kaffee oder Tee haben möchte. Fiete entschied sich für Kaffee und Kuchen, danach blickte sie ihn todernst mit ihren großen, braunen Augen an, denn sie hatte bemerkt, dass er geraucht hatte und daraufhin meinte sie nur ganz relaxt: »If you smoke too much, you will get cancer!«

Er blickte sie verstehend an und dachte nur im Stillen: *»Wo liegt das Problem? Hat denn schon jemals jemand einen Krebs im Teerfass gesehen?«*

Am Abend kam ein Clerk der Agentur ins Krankenhaus und brachte Fiete seine Ausrüstung, seine kompletten Klamotten, einen prall gefüllten Seesack und eine Reisetasche.

Auf die Frage, ob vielleicht noch der Bootsmann oder der Zweite Offizier vorbeikommen würden, erntete er nur ein Achselzucken und eine Antwort, die ihn total verblüffte.

»Glaube ich nicht«, antwortete der Clerk: »die *Hornmeer* ist heute Nachmittag schon wieder ausgelaufen.« Deprimiert ließ er sich in die weichen, weißen Kissen seines Krankenbettes sinken. Mit vielem hatte er gerechnet nur damit nicht. Ohne einen Besuch, ohne ein Wort des Abschieds, einfach weg.

Gestern Abend waren sie noch alle gemeinsam an Land gewesen und nun lag er allein und einsam hier im Krankenhaus.

Okay, was soll's, er musste nach Vorn blicken, schließlich ging es immer weiter.

Er zog seinen Seesack, der neben dem Bett an der Wand lehnte, zu sich heran. Als er diesen öffnete, roch es wie alle Düfte des Vorderen Orients zusammengenommen – echt übel!

Ihn blickten dreckige Arbeitsklamotten, bereits getragene Landgangs Garderobe, schmutzige Socken, Unterwäsche und so weiter an. Er zog nachdenklich seine Stirn in Falten, just in diesem Augenblick betrat die nette Krankenschwester Jennifer Charles, genannt Charly, das Krankenzimmer.

Fiete blickte sie so lieb und freundlich mit seinen tiefblauen Augen an, wie es ihm nur möglich war.

»Charly, könntest du mir einen riesigen Gefallen tun?«

Sie blickte ihn mit ihren großen, braunen Augen fragend und abwartend an.

»Kannst du heute Abend, sobald du Feierabend hast, einen Teil meiner Wäsche mitnehmen und Sorge dafür tragen, dass sie gewaschen wird? Ich bezahle selbstverständlich dafür, ist doch klar!«

© by F. Synold

Jennifer Charles, re., und Miss Phill mit Brille. Die Fiete treu umsorgenden Krankenschwestern des Seventh-Day-Adventist-Hospital, in Port of Spain.

Charly nickte wortlos, holte einen Kleiderbeutel und Fiete legte etliche schmutzige Bekleidungsstücke in den Beutel. Zu der Bezahlung hatte sie sich bisher noch nicht geäußert.

Am nächsten Morgen legte sie die frisch gewaschene und gebügelte Wäsche vor Fiete auf sein Bett. Da staunte er aber nicht schlecht. Und so ging es dann die ganze Woche, bis seine komplette Wäsche gewaschen und gebügelt, ordentlich eingepackt, wieder in seinem Seesack Platz fand.

Als er sie dann endlich fragte, was sie denn für ihren Aufwand erhalte, schüttelte sie nur vehement ihren Kopf und lächelte ihn verschmitzt an.

Unterdessen fand sich des Abends immer eine weiße Krankenschwester in seinem Krankenzimmer ein.

Sie war ihres Zeichens Nachtschwester und ihr Name lautete Heather-Ann Howard.

Heather-Ann lebte in einem Vorort von Port of Spain, es war in diesen Zeiten von »Black Power« wohl mehr ein gut gesichertes Ghetto als ein Vorort.

Sehr viele Weiße hatten nach der Februarrevolution von *Black Power Movement* sehr schlechte Karten auf den Inseln. Aber Heather-Ann nicht, sie war schlank, hatte einen etwas herben Gesichtsausdruck, wirkte auf Fremde unnahbar und war sehr selbstbewusst.

Aber Fiete und sie kamen gut klar, sie brachte ihm Englisch bei. Da sie immer sehr lange auf seiner Bettkante saß, manchmal bis in die tiefe Nacht hinein, fragte er sie irgendwann, welche Art Patient sie denn betreue, da sie doch sehr viel ihrer Zeit bei ihm verbringe.

Süffisant bemerkte sie: »Ich betreue einen indischen Seemann! Privat! Der bekommt abends eine Injektion von mir und dann schläft der gute Mann selig die ganze Nacht!«

Sie setzte sich wieder auf die Kante seines Bettes und irgendwann kroch seine Hand unter ihren weißen Kittel, zur Innenseite ihrer leicht geöffneten Oberschenkel. Sie trug nur ein ganz knappes Höschen.

' Ihre linke Hand war schon seitdem sie saß unter seiner Bettdecke verschwunden.

Sie fanden sich sympathisch und anziehend.

Am Anfang der zweiten Woche in dem Hospital kam Dr. Wang Tau einmal mehr in Fietes Krankenzimmer, um ihn ein weiteres Mal zu untersuchen.

Die Schwellungen waren bereits stark zurückgegangen und die Schmerzen hielten sich im Rahmen. Also machte der Doc ihm einen Vorschlag.

»Hören Sie, am Ende dieser Woche erreicht ein weiteres Schiff der »Horn« Reederei Port of Spain. Es besteht dann für Sie die Möglichkeit, dass sie mit dem Schiff die Heimreise antreten.«

In Fietes Gehirnwindungen arbeitete es unermüdlich, er war noch nie geflogen, nun ergab sich vielleicht eine Chance.

Er räusperte sich deutlich und begann: »Nun, Herr Doktor, wenn mir an Bord des Schiffes das gleiche Missgeschick wie auf meinem Dampfer widerfährt? Feuchtes, rutschiges Deck und wie der Teufel es will, ich rutsche weg, und … weit und breit kein Arzt in der Nähe?«

Der Doc winkte schmunzelnd ab: »Ach so, Sie möchten nach Hause fliegen? Okay, ich werde mich mit Ihrer SBG in Hamburg in Verbindung setzen und sehen, was ich machen kann. Aber das Krankenhaus werden Sie schon mal verlassen müssen. Ich werde Sie hier in Port of Spain unterbringen.«

»Oh, Super!«, Fiete glaubte zu träumen: »Im Seemannsheim, das wäre ein guter Platz!« Plötzlich war der Doc ganz ernst. »Nein, zu viel Hully Gully, zu viel Alkohol!

Ich habe da einen guten Platz, in einem Vorort, in St. James, bei einer Bekannten. Dort können Sie sich bis zur Abschlussuntersuchung entspannen, aber nicht ohne Gehhilfen herumlaufen.«

Die letzten Worte wollte er damit unterstreichen indem er warnend den Zeigefinger hob.

Fiete traf in St. James ein, bezog ein Zimmer und genoss seine Zeit, versuchte seine Knochen wieder auf Vordermann zu kriegen.

Die Wirtin war eine Eingeborene Kreolin und sehr abgeklärt. Sie bot ihm zum Welcome einen Früchtedrink an. Das Getränk war alleroberstes

Regal, kühl, erfrischend, sehr schmackhaft und nach eigenem Rezept hergestellt.

Als sie so zusammensaßen und den kühlen Drink genossen, fragte Fiete seine Wirtin, ob es in der näheren Umgebung in St. James, eine Bar oder ein Cafè gebe? Er musste unbedingt mal wieder unter Menschen. Sie beschrieb ihm den Weg dorthin, es war nur einen Steinwurf entfernt.

Am Abend gingen sie gemeinsam zu ihrer Schwester. Fiete war natürlich immer noch sehr vorsichtig mit Gehhilfen unterwegs. Seine Wirtin stellte ihn dort als ihren Logiergast vor.

Die Schwester hatte eine 18-jährige Tochter und als diese den Raum betrat, fielen ihm beinahe die Augen aus den Höhlen. Was für ein Modell, eine Oberweite traumhaft, von ihrer Figur ganz zu schweigen.

Tja, Karibik … Bei dem Klima wird natürlich alles viel früher reif!

Und alles war in einen engen Pulli und Hotpants gepresst.

Fiete musste sich erst einmal abwenden. Egal wie, ansonsten würde er der jungen Frau wohl nur auf ihre vollen Brüste starren.

Insgeheim versuchte er aber ruhig zu bleiben: *»Verdammte Kiste, das kann doch wohl alles nicht wahr sein! Wo bin ich hier nur gelandet?«*

Die formvollendete Tochter des Hauses hieß Mekan.

Während die beiden Schwestern sich in der offenen Küche angeregt unterhielten und Fiete ganz brav an seinem Getränk nuckelte, schob sich Mekan etwas näher an ihn heran und meinte nur staubtrocken: »Wenn du mal nichts weiter vorhast und mich besuchen möchtest, ich sitze meistens nachmittags auf der Veranda und beobachte die vorübergehenden Leute!«

Er blickte sie nachdenklich an: *»Das hätte ich jetzt auch gesagt!«*

Es konnte nur am Klima liegen oder am Essen, das er aufgetischt bekam, er war spitz wie Nachbars Lumpi! Sie fuhr in ihrem unverfänglichen Plauderton fort: »Wir könnten uns ja auch ein klein wenig unterhalten. Du erzählst mir ein wenig von Deutschland und ich erzähle dir was über Trinidad and Tobago, es sind zwei herrliche Inseln.«

Er nickte zustimmend und antwortete brav: »Ja, warum nicht. Könnte ich mir ganz nett vorstellen.«

Er wusste nicht ganz genau, ob sie ihn auch wirklich verstanden hatte, deswegen nickte er noch zweimal zustimmend.

Plötzlich verdunkelte sich der Himmel und es regnete nicht nur. Nein, es schüttete wie aus Kübeln, das ging mindestens ununterbrochen eine halbe Stunde lang.

Regenzeit in Trinidad und Tobago, danach kann man die Uhr stellen, jeden Tag zur gleichen Zeit.

Am nächsten Morgen, Fiete hatte ein Café mit Bar, eigentlich war es mehr eine Bar, in St. James gefunden und bestellte sich gerade einen Drink, einen gut geschenkten Cuba Libre. Da stoppten auf der gegenüber liegenden Straßenseite zwei LKW und von den Ladeflächen sprangen dunkelhäutige, wild anmutende, junge Leute, schwer bewaffnet, mit Maschinenwaffen.

Der Wirt stand augenblicklich neben Fiete und beruhigte ihn, obwohl er nur staunend dasaß und keinen Ton von sich gegeben hatte, aber durch das große, zum Teil verhängte Schaufenster der Bar, alles genau beobachtete, was da draußen vor sich ging.

»Black Power«, meinte der Wirt nur lakonisch: »Du solltest jetzt als Weißbrot besser nicht auf die Straße gehen. Hier drinnen bist du sicher. Wenn du da rausgehen würdest, sehen die einfach nur deine Hautfarbe und du hast ja nicht »Deutscher« auf deiner Stirn stehen! Für die bist du dann eben nur ein SCHEISS WEISSER!«

An und für sich hatte Fiete auch gar nicht vorgehabt, zu diesem Zeitpunkt die Bar zu verlassen.

»Gut mein Lieber, dann misch mir man noch einen Cuba Libre, aber sei nicht so geizig mit dem Rum!«

Was der Waiter auch sofort machte, war Fiete doch der einzige Gast im Moment.

Fiete hatte an diesem späten Vormittag sowieso nichts Wichtiges vor, seine Wirtin und deren Schwester waren irgendwo auf Trinidad unterwegs, um Bekannte zu besuchen und wollten erst so gegen späten Abend wieder zurück sein.

Nun fielen auch noch irgendwo Schüsse, wohl etwas weiter die Straße hinab, aber das war ihm doch zu heikel und er gab seinen Beobachtungsposten am Fenster auf und zog sich ins Rauminnere, an den Tresen zurück und orderte einen weiteren Drink.

Gerade als er den nächsten Cuba Libre vor sich stehen hatte, sprangen die *Black Power*-Leute wieder auf die Ladeflächen ihrer LKW und verschwanden recht zügig in verschiedene Richtungen.

Minuten später hörten sie Polizeisirenen, aus allen Richtungen auf sie zukommen und im Nu war die Straße vor der Bar, trotz der Helligkeit des sonnigen Vormittages, in flackerndes Blaulicht getaucht.

Fiete verließ gemächlich die Bar und ging, auf seine Gehhilfen gestützt, in die Richtung seiner Unterkunft.

In seinem Zimmer angekommen, zog er sich seine Badehose an und schwamm erst einmal ein paar Bahnen im Pool, was seinem Bein ganz guttat.

Bewegung ohne jegliche Belastung.

Der Pool war hinter dem Haus angesiedelt und total von üppiger tropischer Vegetation eingerahmt, so dass niemand den Bereich einsehen konnte. Er machte es sich soeben auf einer der Liegen gemütlich, als ein glockenhelles: »Hello, anybody at home?!«, an sein Ohr drang. Fiete traute seinen Augen nicht, es war Mekan. Dieser kleine Satansbraten wusste natürlich, dass ihre Mutter und ihre Tante den ganzen Tag außer Haus waren.

»Na, schauen wir doch mal, was sie so vorhat?!«

Von ihrem Aussehen und Outfit her könnte man tatsächlich vermuten, dass sie irgendetwas Verruchtes im Schilde führte. Ein ganz leichter Wickelrock umspielte ihre Hüfte, eher ein breiter Gürtel denn ein Rock und oben herum trug sie eine Bluse, die so gut wie durchsichtig war, die an und für sich nichts verhüllte, sondern ihre großen, strammen Brüste noch mehr betonte.

Auf einen BH hatte sie wohlweislich verzichtet, brauchte sie in Wahrheit auch nicht, ihr Gewebe schien noch sehr fest zu sein.

Fiete ging vorerst einmal in Warteposition, beinahe Abwehrhaltung.

»Ich möchte mal wissen was dieses kleine Biest vorhat. Was soll dieser Überfall? Gern würde ich mit ihr Liebe machen, könnte ich mir auch gut vorstellen, aber die fährt hier ja richtig Attacke!

Weiterhin abwarten!«

Sie kam zur Liege und begrüßte Fiete überaus freundlich, indem sie ihm einen Kuss auf die Wange hauchte. Als sie sich wiederaufrichtete, strichen ihre Brustspitzen wie unabsichtlich haarscharf an seinem Gesicht vorbei. Langsam, irgendwie aufreizend langsam, zog sie sich dann am Pool aus, komplett, um sich ihm dann in einer lasziven Pose darzustellen.

»Verdammt noch mal, sie macht mich fertig! Gleich dreh ich durch und dann schnapp ich sie mir ohne Rücksicht auf Verluste!«

Seine Gedanken waren noch nicht einmal ganz verflogen, da machte sie einen riesigen Satz, ihr Körper streckte sich und schon schlug das Wasser des Pools über ihr zusammen.

»Na, ein wenig Abkühlung wird ihr doch wohl nicht schaden, vielleicht wird es sie eher etwas beruhigen.«, dachte Fiete und folgte ihr in den Pool.

Sie versuchte immer wieder irgendwie seine Aufmerksamkeit zu erregen, aber er blieb auf Distanz.

NOCH!

Er verließ den Pool bevor sie ihm wieder auf die Pelle rücken konnte, legte sich auf die Liege und döste etwas ein. Von irgendwo her erklang leise der Song *»House of the rising sun.«*

Fiete war wohl tatsächlich leicht eingedöst und konnte somit Gegenwart und Traum nicht so wirklich auseinanderhalten. Dabei genoss er es, als eine zarte Hand seinen Unterbauch, kurz über seiner Scham, sanft streichelte. Er schlug die Augen auf und plötzlich läutete die Glocke an der Vordertür.

Sofort sprang er auf und bewegte sich zur Eingangstür. Es war eine fremde, junge Frau, die geläutet hatte. Irgendwie kamen ihre Gesichtszüge Fiete bekannt vor.

»Hallo«, sagte er: »was kann ich für Sie tun?« Die Antwort war kurz und bündig.

»Hallo, ich bin die Schwester von Heather-Ann und ich wollte dir nur Bescheid sagen, dass wir dich heute Abend abholen und dich in die Stadt ausführen! Lass dich überraschen.«

Damit machte Sie auf den Hacken kehrt, ging zu einem wartenden Auto und weg war sie.

Fiete stand wie angewurzelt in der Eingangstür. *Was war das denn?*«

Er hatte bis zu diesem Zeitpunkt noch nicht einmal gewusst, dass Heather-Ann eine Schwester hatte.

Nachdem er wieder am Pool war, erblickte er Mekan komplett angekleidet, wortlos aber schmollend verabschiedete sie sich mit einem zarten Kuss auf die Wange von ihm.

Das war ihm im Moment auch ganz recht so.

Es war gegen 06:00 Uhr abends und der Sonnenuntergang hatte sich wie überall in den Tropen sehr schnell vollzogen. Da läutete die Türglocke, Fiete öffnete, er war schon landfein und vor ihm stand Heathers Schwester. »Okay, let's go!«

Schon saßen sie im Fond des Autos, er in der Mitte und die Damen, Heather-Ann links und ihre Schwester, sie hieß Christine, rechts. Der Mensch der den kompletten Abend das Auto chauffierte, hatte sich leider aus Fietes Gedächtnis verabschiedet, sorry, liebe Leser.

Christine war ganz nervös, als Heather-Ann ansetzte.

»Also«, sagte sie voller Betonung, langsam und gut verständlich: »nun fahren wir zuerst einmal ins Hilton. Es ist zurzeit das größte Hotel auf Trinidad in der Stadt Port of Spain.

Und damit hatte sie vollkommen Recht.

Es lag etwas erhaben, weithin sichtbar, auf einem Hügel über Port of Spain.

Sie saßen auf der Hotelterrasse des Hiltons, genossen die laue Tropennacht, die Gerüche der Karibik und den herrlichen Ausblick hinab auf Port of Spain. Welche gigantische Aussicht, mit all den vielen großen und kleinen Lichtern, die in der noch jungen Nacht alles beleuchteten.

Fiete konnte sich einfach nicht satt sehen und hatte die Eindrücke, die dort auf ihn einstürmten aufgesogen wie ein ausgetrockneter Schwamm. Eindrücke, die er nie vergessen würde.

Nach dem Dinner meinte Heather-Ann, am Rande von Port of Spain würde es ein ausgezeichnetes Autokino geben, ob Fiete Lust hätte, sie dorthin zu begleiten. Augenblicklich sagte er zu. Er hatte noch nie in seinem Leben ein Autokino besucht. Die beiden Damen setzten Fiete so gegen Mitternacht wieder bei seiner Unterkunft ab. Er war voller Glückseligkeit.

Welch ein schöner Abend – welch vielfältigen Eindrücke! Er hatte sich bei den beiden Damen zum Abschied natürlich überschwänglich bedankt.

Bevor er sein Zimmer betrat, sah er einen Zettel, der in einer Ritze der Tür klemmte, er zog ihn heraus und las ihn sofort.

Es war eine Info seiner Wirtin, die ihm mitteilte, dass er im Laufe des kommenden Vormittages bei seinem chinesischen Arzt vorstellig werden sollte zwecks der Abschlussuntersuchung. Dort sollte er auch Informationen über seinen weiteren Verbleib erhalten.

Überaus glücklich und zufrieden legte er sich ins Bett und schlief sofort ein.

Die Untersuchung ergab nichts Neues, nur dass er reisefähig war.

Laut dem Doc hatte die See-Berufs-Genossenschaft in Hamburg ihr okay gegeben und den Flugkosten für Fietes Heimflug zugestimmt. In etwa zwei Tagen am Samstag sollte der Heimflug starten.

Fiete saß bereits ab Mittag auf seinem Seesack wie aufglühenden Kohlen, aber seine Geduld wurde auf eine harte Probe gestellt.

Abends um 06:00 Uhr Ortszeit kam ein Clerk der Agentur und holte ihn ab, um ihn zum Flugplatz zu bringen, als Fiete ihn fragte, warum er ihn denn so spät abholte, obwohl doch eine andere Uhrzeit vereinbart war, meinte der Clerk nur total relaxt: »Trini time is trini time. Trini time is every time!«

Diesem Satz folgte nur noch ein breites, selbstsicheres, fröhliches Grinsen.

Der Flug von Port of Spain dauerte etwas länger, als Fiete gedacht hatte. Der Flieger klapperte beinahe alle Karibikinseln ab die auf ihrem Flug nach London auf ihrem Kurs lagen und in London war Schluss, dort musste er in den Anschlussflug nach Hamburg umsteigen. Der komplette Flug hatte mit Umsteigen, Wartezeit und Zeitverschiebung man locker 24 Stunden gedauert.

Fiete freute sich wie ein Schneekönig, als er endlich wieder in dem nasskalten Hamburg gelandet war.

»Transamerica«

Linienschiffahrt

Europa – Große Seen – Europa

Datenblatt: M/V »Transamerica«

Eigner:	Poseidon Schiffahrts GmbH, Hamburg
Bereederung:	Poseidon Hamburg
Unterscheidungssignal:	D H P T
Heimathafen:	Hamburg

Länge:	124,98 Meter
Breite:	19,37 Meter
Tiefgang:	10,40 / 8,32 Meter

Tonnage Volldecker

GRT:	6.851 t
NRT:	4.312 t
tdw:	9.045 tdw

Tonnage Freidecker
GRT:
NRT:
tdw:

Container Stellplätze:	vorhanden, aber Anzahl nicht bekannt
Hauptmotor:	Zweitakt – Sechszylinder Motor mit 8.000 HP, gebaut von MAN
Geschwindigkeit:	18 Knoten

Bauwerft:	AG Weser, Werk Seebeck, Bremerhaven , (Bau Nr. 948)
Besatzung:	37 Mann, 12 Passagiere
Stapellauf:	1970
Indienststellung:	1970

Verbleib: 1974 an Bangladesh Shipping Co., Chittagong (BH) umbenannt in «Banglar Progotti» 1991 an Chittagong Reede zum Abbruch in Bangladesh

M/V »Transamerica« 1971 Linienschiffahrt

Seltsame Gewohnheiten
Europa/Canada-Große-Seen/Europa

Nun hatte Fiete bei der Reederei *Poseidon* in Hamburg auf dem Semi-Container-Schiff *Transamerica* angemustert.

© *by F. Synold*
Sechs Monate auf der Transamerica, ein tolles Schiff

Der Dampfer war hochmodern. Gerade mal ein Jahr alt. An Deck alles vollautomatisch und als Schwergut, Stülcken Geschirr.

Es war ein Freitagmittag, als Fiete an Bord ging. Nachdem er beim Funker war, sich in der Zweimannkammer eingerichtet hatte, wobei er auch gleich Manne, seinen Kammerkollegen kennengelernt hatte, ging er in die Mannschaftsmesse. Er stoppte den Steward, als dieser an ihm vorbeigehen wollte: »Du, sag mal, was ist das denn für ein Fernsehteam auf dem Achterdeck? Drehen die hier einen Film über euch?«

Der Steward blickte ihn leicht herablassend an: »Der Film ist schon gelaufen. Die Typen da draußen«, er unterstrich seine Worte mit einer wegwerfenden Bewegung: »sind von der Kripo, weil das Achterdeck ein Tatort ist. Hier wurde letzte Reise einer langgemacht, erstochen!«

Im ersten Moment wich Fiete erschrocken zurück, da spürte er einen leichten Stoß in die Seite und er blickte in das unrasierte Gesicht eines langmähnigen Maschinenmenschen.

Er wies auf den seitlichen Schlitz in seiner Arbeitskombi, aus diesem ragte der stabile Griff eines Bowie-Knife. Als er den Schlitz etwas mehr öffnete, konnte man das Messer besser erkennen. Es wirkte auf Fiete mehr wie eine Machete, die Länge über alles betrug sicherlich 30 Zentimeter.

Er schmunzelte anzüglich und ganz trocken sagte er: »Unbewaffnet darfst du hier nicht rumlaufen!«

Fiete blickte hinüber zu Mike, dem Steward. Aber der zuckte nur die Schultern und verdrehte genervt die Augen und schüttelte beinahe unmerklich den Kopf. Nach dem Motto: *»Der tickt doch nicht ganz sauber, dem darfst du kein Wort glauben.«*

So war Fietes erster Eindruck doch schon recht beachtlich. Aber sehr schnell hatte ihn der Schiffsalltag wieder eingeholt.

Die Küstenreise verlief ziemlich normal.

Was er, außer in der Karibik, noch nicht so intensiv gehabt hatte, waren Passagiere an Bord.

Die *Transamerica* war dementsprechend aufgebaut und konnte ohne Probleme zwölf Erwachsene Passagiere befördern.

Allerdings war der Kontakt zwischen Crewmitgliedern und Passagieren nicht wirklich gewünscht. In Hamburg war auch ein neuer Kapitän eingestiegen, mit Spitznamen *Bommi*. Böse Zungen behaupteten, er wäre ein Alki, aber vielleicht alles nur Scheißhausparolen.

Allerdings war eines nicht von der Hand zu weisen, er erhielt für sich privat eine Palette mit Schnaps, alles Flaschen voller BOMMERLUNDER!

Die *Transamerica* bewegte sich auf dem St. Lawrenz Strom Richtung Montreal.

Fiete stand am Ruder, er hatte 08:00 Uhr – 12:00 Uhr Wache und es war bereits 11:15 Uhr. Der letzte Rudertörn vor Mitternacht und dem anstehenden Wachwechsel lief, als total unerwartet der Alte die Brücke erklomm. Freundlich und zuvorkommend wurde er vom Wachpersonal begrüßt. Er kam wohl direkt aus der Passagiers-Bar und hatte ordentlich einen geladen.

»So«, begann er mit deutlich schwerer Zunge: »das müsst ihr euch mal vorstellen, da sitze ich an der Bar und nehme so einen little Drink zu mir und neben mich hockt sich so eine halbgare Passagierin hin. Nun, ich bin ja der Kapitän und ein höflicher, umgänglicher Mensch.«

Fiete, am Ruder, musste sich größte Mühe geben, um den Kurs zu halten um nicht vor Lachen laut los zu prusten.

Der Alte und die Höflichkeit, naja, vielleicht bei den Passageusen.

»Okay«, fuhr er dann fort: »nun begann die Dame zu sprechen, wollte sich mit mir unterhalten, aber in so einem Kauderwelsch. Selbst ich, wo ich doch ein weitgereister, weltoffener Mensch bin, konnte sie beim besten Willen nicht so wirklich verstehen.«

»*Genauso geht es uns*«, dachte Fiete am Ruder, denn die letzten Worte des Kapitäns waren dann auch fast nur ein einziges Gelalle. Aber er riss sich noch einmal zusammen.

»Und nun kommt das Allerbeste! Daraufhin habe ich sie natürlich gefragt, wie lange sie denn schon in Nordamerika lebe. Ihre Antwort hat mich beinahe vom Barhocker gefegt.

Da sagt die Tante doch mit breiter Brust, ein knappes, halbes Jahr!

Daraufhin musste der Steward mir erstmal einen Doppelten anmischen. Was für ein Blödsinn, lebt ein halbes Jahr in Amerika und spricht kein Deutsch mehr!«

Danach wandte er sich direkt an den Zweiten Offizier: »Na, Steuermann, alles klar, alles im Griff?«

Der Zweite antwortete in seiner höflichen, freundlichen Art, wie immer: »Alles in Ordnung, Herr Kapitän.«

Der Alte hatte sich bereits umgedreht und stapfte in Richtung Niedergang, während er die ganze Zeit vor sich hinmurmelte: »Unmöglich, einfach unmöglich. Es ist nicht zu fassen, einfach unmöglich!«

Sein Gemurmel verlangte nach keinem Kommentar.

Nach einem kurzen Stopp in Montreal ging es sofort weiter in den Welland – Kanal. Und schneller als sie sich versahen, war die Einfahrt in den Welland-Kanal erreicht.

Der Welland-Kanal war nicht sehr breit, circa 80 Meter, aber gut schiffbar. Seine flachste Stelle lag bei 8,2 Metern ab Wasserlinie.

Aber der Welland-Kanal beinhaltete auch acht Schleusen mit denen man einen Höhenunterschied von 99,5 Metern zu überwinden hatte. Der Kanal ist ein Teil des St. – Lawrenz – Seeweges und der Welland-Kanal verbindet den Eriesee mit dem Ontariosee.

Die Passage über acht Schleusen war allerdings kein Sonntagsspaziergang und benötigte in der Regel so round about elf Stunden.

Vor den Schleusen war an der Steuerbordseite (bergwärts) meistens so etwas wie eine Wartepier angelegt. Sollte mal viel Betrieb im Kanal sein und die Schleusenkammer war bereits gefüllt, so wurden die nachfolgenden Dampfer durch verschiedenfarbige Lichtzeichen aufgefordert, an die Wartepier zu gehen, bis die Schleusenkammer wieder frei war.

Die Problematik der Wartepier war nur, hier wurde kein Personal für das Festmachen des Schiffes vorgehalten, deshalb hatten die Seeschiffe, die die großen Seen befuhren, Achterkante Back lange Ausleger, genannt Schwingbaum!

Dieser Schwingbaum war circa sechs bis sieben Meter lang, gut an Bord befestigt, waagerecht aufgebaut und an seinem äußersten Ende war ein Block befestigt, durch seine Scheibe lief ein Tampen und daran hing der Bootsmannstuhl. Ein See Lord setzte sich auf den Bootsmannstuhl, wenn der Dampfer in die Nähe der Wartepier kam und wurde dann mit dem Schwingbaum über das Wasser und dann über die Pier geschwungen. Sobald er ein Zeichen gab, wurde der Bootsmannstuhl weggefiert, er stieg an Land aus und konnte die Festmacherleinen entgegennehmen und über die Poller haken.

An der Wartepier wurden die Leinen immer in doppelter Bucht über den Poller gelegt, so musste man beim Loswerfen nur das Auge vom Poller an Bord freischmeißen und schon konnte die Leine komplett eingeholt werden.

Zu diesem Arbeitsgang musste natürlich kein Seemann mehr auf der Wartepier verharren.

All diese Sachen reizten Fiete ungemein und immer, wenn ein Freiwilliger für den Schwingbaum benötigt wurde, hob er sofort die Hand.

An den sommerlichen Wochenenden nutzten viele kanadische Familien die Wartepiers zum Schiffe gucken. Meistens waren die Piers frei zugänglich. Es war schon ein erhebendes Gefühl, wenn die Schleuse frei war und man schlich mit seinem Dampfer an der Wartepier vorbei, wo zehn, zwölf oder gar fünfzehn Straßenkreuzer aufgereiht standen und die Menschen alle freundlich winkten und der Besatzung irgendetwas Nettes zuriefen.

Sehr oft hatten aber auch Kinder sich die Pier zum Spielplatz auserkoren und hüpften dort hin und her. Kam dann ein Dampfer vorbeigeschlichen, auf dem Weg in die Schleuse, dann liefen die Jungs meistens parallel zum Schiff und riefen aus voller Brust: »He, Mister, please give me coins! Mister you have coins for us? Please give them.«

Und so war es auch, als die *Transamerica* quälend langsam die Wartepier ansteuerte, um noch langsamer an ihr vorbei in die Schleuse zu laufen. Alle Mann der Deckscrew waren natürlich klar bei Fender. Auch an diesem herrlichen Sommertag waren etliche Bengel auf der Wartepier und hechelten nach Coins.

Werner stieß Fiete an: »Los, mach deinen Fender fest und dann zum Koch!«

Sekunden später standen sie an der Achterkante der Kombüse und der Smut grinste schon.

Werner holte etliche Groschen, Fünfer und Pfennige aus seiner Hosentasche, warf alles auf die heißen Herdplatten.

»So, nun wollen wir die kleinen Bastarde mal beschenken!«

Mit einem Eierwender schob er das heiße Kleingeld in eine Blechdose und begab sich an die Schanzung und dann schrie er aus voller Kehle; »Here boys, here are coins for all of you!«, damit schüttete er einige Geldstücke auf die Wartepier. Die Jungs griffen natürlich sofort zu und genauso schnell ließen sie die Geldstücke auch wieder fallen, nachdem sie sich ordentlich die Finger verbrannt hatten. Daraufhin setzte ein wüstes Gezeter ein: »You bloody bastard! Fucking Germans.« Und so weiter, alle Flüche hier aufzuführen, würde einfach zu weit führen.

Fiete blickte zuerst erstaunt und dann leicht angeekelt zu Werner hinüber.

»Du bist ja eine echt perverse Sau! Warum quälst du die Kinder? Kannst du nicht, so wie wir alle, ein paar normale Groschen rüber werfen und alle sind happy?«

Nun blickte Werner wiederum Fiete an und meinte unwirsch: »Die kleinen Stinker bekommen doch nicht alles geschenkt! Was du wohl glaubst.«

Dann drehte er sich um und ging auf seine Station, die Back.

Nach dem Festmachen in der Schleuse begann ein zeitraubender, langweiliger Job. Standby an den halbautomatischen Winden.

Windenwache!

Die Mooring-Winden konnten maximal auf eine halbe Stunde Vorlauf eingestellt werden, dann ertönte eine Alarmsirene und die Winden mussten wieder neu eingestellt werden. Wenn die Deckswache den Zeitpunkt verpasste, musste er damit rechnen, dass einer der Festmacherdrähte brach.

Fiete war als Windenwache über die ersten vier Schleusen eingeteilt. Es war an diesem Tag kühl und ungemütlich, also hatte er sich eine Mütze übergestülpt und einen alten, warmen Armeeparka übergezogen.

Er hatte es sich auf dem Arbeitsfloß gemütlich gemacht, sofern das überhaupt ging, welches am Rande des Decks stand.

Von hier aus hatte er alles voll im Blick und war im Falle einer Gefahr sofort an den Winden-Kontrollern. Just hatte er die Winden neu eingestellt und lag wieder auf dem Floß, da hörte er über sich zwei weibliche Stimmen. Er blickte auf und sah Achterkante Aufbauten, auf dem angedeuteten Balkon des Salons, ein Deck höher, standen zwei Damen, hielten gefüllte Sektgläser in ihren Händen und schienen sich köstlich zu amüsieren.

Irgendwie wirkte es, als wäre Fiete auf seinem Floß ihr Thema und sie lachten mehrfach, laut jauchzend auf. Nachdem sein Name öfters gefallen war, erhob er sich, stellte sich breitbeinig unterhalb des Balkons auf und stieß eine Schimpfkanonade auf die beiden Frauen aus, woraufhin sie sich unverzüglich ins Innere der Aufbauten begaben.

»Weiber blöde, und dann ist auch noch Gabi dabei, die Frau vom Zweiten Ing. Verstehe ich nicht.

Lästermäuler hässliche.«

Aber irgendwann war auch seine lange Deckswache beendet und er zog sich zuerst einmal in die Mannschaftsmesse zurück, wo die anderen Jungs der Decksbesatzung im Standby verharrten, und aß eine Kleinigkeit.

Die nächste Schleuse war schon wieder in Sicht.

Die beiden lästernden Damen hatte er schon wieder aus seinen Gedanken verbannt.

Als zu guter Letzt die Schleusen geschafft waren, wurde die Reise fortgesetzt, an Detroit vorbei in den Lake Huron und weiter in den Michigansee mit dem Ziel- und Endhafen Chicago!

In Chicago wurde die restliche Ladung gelöscht und gleichzeitig schon ordentliche Mengen an Ladung wieder an Bord genommen.

Fiete hatte Nachtwache, was ihm auch sehr recht war, denn in ihrer Kammer hatte sich bei Manne, so ein Schwarzbrotdeutscher mit seiner Frau oder Freundin, da war er sich nicht so sicher, eingenistet.

Schwarzbrotdeutscher!

Nach dem Motto: > *Ach, ich bin schon so lange in Amerika und möchte endlich mal wieder ein gutes, deutsches Stück Schwarzbrot essen!* <

Für Fiete waren diese *DEUTSCHEN*, die an Bord deutscher Schiffe kamen und so etwas von sich gaben, lediglich Abstauber und Nassauer. Das Pärchen hatte sich schon am späten Nachmittag eingefunden und somit war auch schon die zweite Buddel Whisky in Arbeit. Manne musste den Typen irgendwie, von irgendwoher, kennen.

Fiete drehte seine ersten Runden über Deck und begutachtete die Leinen. Für die kommenden Stunden war auffrischender Wind angekündigt und er hatte bereits mit dem Bootsmann gesprochen, sodass er für den Fall der Fälle, Dieter und Werner mit an Deck holen konnte, um gegebenenfalls noch Sicherheitsleinen auszubringen, um die bereits vorhandenen Festmacherleinen zu verstärkten.

Die großen Seen im Norden der USA waren schon immer gut für die Entstehung größerer Wetterphänomene und wenn das Wetter hier über den Seen umsprang, dann ging das immer sehr schnell und ohne Vorwarnung.

So gegen 08:00 Uhr ging Fiete kurz in seine Kammer, als er die Tür geöffnet hatte, dachte er, er wäre in irgendeiner Kaschemme im Hafen gelandet. Dichter Zigarettenqualm kam ihm entgegen, es dunstete nach Alkohol, Schweiß und irgendwelchem billigen Eau-de-Möff und all dieses hüllte ihn ein, während ein Song der Stones in seinen Ohren dröhnte.

Er traute seinen Augen kaum. In Mannes Koje, der Unteren, lag die Frau des Schwarzbrotdeutschen SPLITTERFASERNACKT!

Auf der Backskiste saßen Mike und Werner mit hochroten Köpfen und grinsten so blöde wie Honigkuchenpferde. Fiete richtete seinen Blick auf Manne.

»Was ist das hier? Unsere Kammer oder ein Puff?«

Er hatte einen fürchterlich dicken Hals, dieser ganze Gestank und das komplette Drumherum ging ihm mächtig auf den Sack.

»Was ist? Man könnte doch auch mal ein Bullauge öffnen, damit hier etwas Frischluft reinkommt!«

Der Schwarzbrotdeutsche, schon mit deftiger Schlagseite, versuchte mit der Gestik seiner Hände irgendwie beruhigende Bewegungen zu erzeugen, was ihm total misslang.

Nun blickte Manne, sein Kammerkollege ihn treuherzig an.

»Na Fiete, was ist? Auch mal ein Stößchen machen? Sie poppt ausgezeichnet und kann gar nicht genug bekommen. Wir haben sie alle schon bestiegen! Los, mach dich frei, kannst auch mal eben rüber rutschen!«

Fiete blickte Manne total angeekelt an.

»Was seid ihr denn für Drecksäcke? Habt ihr etwa alle die Alte begattet? Und nun bietet ihr sie mir auch noch an, als letzter in der Reihe um SCHLAMM zu schieben? Euch brennt doch wohl der Kittel!«

Danach wandte er sich direkt an Werner: »Und du, sauf nicht so viel, sollte heute Nacht irgendetwas sein! Denk dran, du bist auf Standby mein Junge«, danach drehte er sich noch einmal seinem Kammerkollegen zu: »Wenn ich morgen früh von der Nachtwache komme, dann ist der Puff hier clean, aber im wahrsten Sinne des Wortes!«

Dabei blickte er auf den Schwarzbrotdeutschen und dessen Flittchen: »Und der ganze Schmutz hat die Kammer verlassen! Verstanden?!«

Danach wandte er sich um und bevor er die Kammertür hinter sich kräftig ins Schloss zog, hörte er noch »Alte Spaßbremse!«, aber da hatte er die Tür auch schon fast komplett geschlossen.

CHICAGO, CHICAGO!!!

Welch eine Stadt.

Manne hatte sich diesen Tag freigenommen und Fiete hatte nach seiner Nachtwache sowieso frei. Also versuchten sie, die Stadt zu erkunden.

The american way of life.

Die Skyline von Chicago, einmalig, die Waterfront am Lake Michigan, unbeschreiblich.

Es würde hier wirklich den Rahmen sprengen, wenn man all das aufführen würde, was es dort zu sehen gab.

Sorry.

Als die beiden nach ihrer ausgiebigen Sightseeingtour durch Chicago wieder an Bord kamen, wunderten sie sich über die massive Polizeipräsenz, die rund um ihren Dampfer herrschte. Dann erkannten sie aber sehr schnell den Grund. Alle Hafenarbeiter, die von Bord kamen und das waren in der Regel ja nicht wenige, wurden auf Waffen und gestohlene Ladung gefilzt.

Neben der Gangway, an deren Ende auf der Kai, stand eine Metallbox und in diese legten die Polizisten die gefundenen Gegenstände.

Als Fiete die Gangway betrat, um an Bord zu gehen, gelang es ihm einen kurzen Blick in die Box zu werfen und was er dort sah, ließ ihm als einfachen Hein Daddel doch ein wenig das Blut in den Adern gefrieren.

Darin fanden sich Handfeuerwaffen aller Art, Stilettos, Schlagstöcke, Bowie Knives, Schlagringe und andere Sachen, die Fiete noch nie vorher gesehen hatte und die sich seiner Kenntnis komplett entzogen.

Nachdem Manne und er die Gangbord, des Hauptdecks hinter der Gangway an Bord erreicht hatten, fragte Fiete Manne todernst: »Möchtest du hier freiwillig Raumwache gehen?«

Manne schüttelte nur wortlos seinen Kopf.

Die *Transamerica* hatte voll abgeladen und den letzten Ladehafen, Montreal, bereits verlassen und begab sich auf Heimreise. Die Mitglieder der Deckscrew waren allesamt ziemlich fertig, hatten sie doch in den letzten Tagen fast nur noch durchgearbeitet, weil sehr viel Decksladung angenommen worden war, die Laschgang ausfiel und sie die komplette Deckslast selbst laschen mussten.

Kurz vor dem Auslaufen aus Montreal hatte Gabi M.-Schw. wohl in einem Anfall von schlechtem Gewissen und Peinlichkeit, Fiete in die Arme genommen, ihn gedrückt und dabei ins Ohr geflüstert, dass sie und die Passageuse seinerzeit in den Schleusen absolut nicht schlecht über ihn gesprochen hätten und es ihr sehr leid täte, wenn er das falsch verstanden hatte.

Fiete war die Situation peinlich. Mit sanfter Gewalt löste er sich aus ihrer Umklammerung und meinte nur ganz ruhig: »Ach Gabi, ist doch schon lange vergessen.«

Ein Dampfer wie die *Transamerica*, der im besten Fall zwölf Passagiere befördern konnte, musste natürlich auch für den Fall, es könnte ja mal ein Passagier während einer Reise versterben, gerüstet sein.

Und laut Gesetz musste die *Transamerica* für diesen Fall einen Zinksarg mitführen.

Der Zinksarg war gut zwei Meter lang und bestand aus zwei Teilen. Der untere Teil war aufgebaut wie eine Wanne mit vier kurzen Füßen. Der obere Teil war fast identisch mit dem Unteren, nur dass die Wölbung des Deckels Griffe hatte.

Fiete ging auf der Heimreise 04:00 Uhr – 08:00 Uhr Wache. Das war natürlich die beste Chance zum Zutörnen, um auf der Heimreise noch ein paar Mark mehr zu verdienen.

Also ging er mit dem Ersten Offizier die Wache, allerdings war der Erste Offizier nicht sehr sympathisch und hatte daher auch kaum Freunde an Bord.

Er war ständig nur griesgrämig und übellaunig.

Der Wachtörn neigte sich dem Ende zu und Fietes spanischer Kollege war schon unterwegs, um die nächsten Wachgänger zu wecken.

So glaubten alle auf der Brücke an einen schweren Unfall, als der Spanier plötzlich ganz aufgeregt den Niedergang hochgeschossen kam, durch die Backbord-Brückennock rannte und lauthals: »Muerto! Muerto!«, brüllte.

Der Wachoffizier, der Erste Offizier reagierte sofort, allerdings sehr merkwürdig.

»Alle rein, unverzüglich!«

Der spanische Matrose und Fiete waren nun mit dem Ersten im Brückenhaus und dieser verriegelte von innen die Türen zu den Nocken.

»So!«, mit großen Augen blickte er den Spanier an: »So, nun noch einmal, ganz langsam, zum Mitschreiben.

WER IST TOT?«

Und der Spanier blickte ihn an und antwortete sofort wieder aufgeregt: »Primero Oficial!«

Mit riesengroßen Augen blickte der Wachhabende ihn an.

»Mann Gottes, bist du voll oder hast du was geraucht? Ich stehe hier und jetzt vor dir, leibhaftig! Huhu, huhu!«, und er wedelte wie wild mit den Armen vor dem Gesicht des Spaniers herum: »Ich bin's, dein Erster Offizier!«

Langsam fasste sich der Spanier.

»Aber stehen große, graue Blechkiste vor Ihr Kammertür!«

»Also, jetzt ist es genug! Fiete, geh mal runter und sieh dir das an, was da vor meiner Kammer los ist und was da vor sich geht.«

Fiete trabte den Niedergang runter, es war ja nicht allzu weit bis zur Kammer des Ersten Offiziers.

Direkt vor der Kammertür des Ersten stand sauber drapiert der Zinksarg mit einem großen Zettel auf dem Deckel.

Er betrachtete in aller Ruhe, aber neugierig, was dort geschrieben stand.

»**AUCH DU BIST BALD DRAN**«, und hinter dem Schriftzug ein fetter, schwarzer Galgen mit Strick und Henkersknoten.

Fiete ging zurück auf die Brücke, wo mittlerweile auch schon die neue Wache aufgezogen war. Auch der Kapitän stand nun auf der Brücke neben seinem Ersten Offizier.

Er schien verhältnismäßig nüchtern zu sein.

»He, Seemann!«, blaffte er Fiete an: »Was ist das für ein Scheißzettel?«

Er blickte seinen Ersten an, dann wieder die Worte auf dem Zettel.

»Was ist Chief Mate, hast du Angst?«

Der Erste blickte ihn etwas unsicher an: »Natürlich nicht!«, schoss es aus ihm heraus.

Nun Fiete und dem Spanier zugewandt: »Eure Wache ist rum, ihr könnt hier jetzt abdampfen!«

Danach wandte er sich an die noch verbliebenen Wachgänger: »Gehen Sie jetzt runter und räumen Sie den Scheiß vor meiner Kammertür weg, zurück nach Achtern ins Lager.«

Fiete ging gemächlich in die Mannschaftsmesse, um noch eine Kleinigkeit zu essen und dort traf er auf Werner und Manne.

Die beiden saßen an der angestammten Back und genossen ein gut gekühltes Bier, dabei grinsten sie fies. Auch Fiete grinste, wissend, und nahm dankend das ihm gereichte Bier.

»Wisst ihr was, ihr Beiden!!!«

Kunstpause.

»Irgendwann werden sie euch nochmal am Arsch kriegen und euch diesen fürchterlich aufreißen!«

Daraufhin brachen alle Drei in schallendes Gelächter aus, welches irgendwie befreiend wirkte.

»Hasselburg«

Antwerpen – Richmond – Antwerpen

Linie

Datenblatt: M/V »Hasselburg«

Eigner:	Seereederei MS »Hasselburg« Kurt Sieh & Co. Hamburg
Bereederung:	H. Schuldt, Hamburg
Unterscheidungssignal:	D H N K
Heimathafen:	Hamburg
Länge:	141,90 Meter
Breite:	21,57 Meter
Tiefgang:	11,30 / 8,42 Meter

Tonnage Volldecker

GRT:	9.417 t
NRT:	5.127 t
tdw:	11.618 t

Tonnage Freidecker

GRT:	5.859 t
NRT:	2.849 t
tdw:	8.558 t

Container Stellplätze:	374
Hauptmotor:	HCP / Sulzer 9.900 HP
Geschwindigkeit:	16,5 Kn
Bauwerft:	Stocnia Szczecinska. Im »Adolfa Warskiego«
Stapellauf:	09.02.1974
Indienststellung:	29.06.1974
Charter Namen:	1976 »Apapa Palm, 1977 »Hoeg Apapa« 1979 »Hasselburg«

Verbleib: 28.07.1980, an Santa Rosa Shipping, Monrovia, als «Mexiko». 1982 an Triton Parcific Maritime Co, Manila, als «Mexico I«. 07.05.1986 / Far East Enterpr. Co, Hongkong, als «Trade Vigour« (Panama Flagge)

M/V »Hasselburg« 1974 Linienschiffahrt

Richmond, viele Studentinnen
Antwerpen – Richmond – Antwerpen

Fiete hatte mit seinem letzten Dampfer etwas in die braune Masse gegriffen und benötigte schnellstens ein neues Schiff. Er besann sich auf die Reederei H. Schuldt in Hamburg und wurde dort vorstellig. Der Reederei- Inspektor durchforstete seine Unterlagen, wobei er feststellte, dass Fiete schon auf einem ihrer Schiffe gefahren war: auf der *Schauenburg*, Westafrika!

Freundlich blickte der Inspektor ihn an: »Das passt ja wie die Faust aufs Auge, die *Hasselburg*, ein Schwesterschiff der *Schauenburg* ist gerade in Polen aus der Werft gekommen, die Sie sicherlich noch kennen. Sie macht nun die erste Reise über den Nordatlantik im Ballast nach Richmond, Ostküste USA. Wir sind im Begriff, mit der amerikanischen Firma *Dupont* einen Liniendienst einzurichten: Antwerpen – Ostküste Staaten, Richmond – Antwerpen.

Das wäre bestimmt etwas für Sie! Alles an Bord ist Ihnen gut bekannt und so glaube ich, fühlen Sie sich sofort wieder wohl.«

Fiete blickte den Inspektor an und sagte nur ein Wort.

»Wo?«

Der Inspektor war kurz etwas verdattert, schaltete aber sofort.

»Morgen späten Nachmittag in Kiel, Nordschleuse. Papiere und alles weitere machen wir gleich hier klar und wenn Sie Morgen Vormittag mit dem Zug nach Kiel fahren, klappt doch alles vorzüglich.«

So wurde es dann gemacht.

Fiete war so gegen 03:00 Uhr nachmittags an der Schleuse und meldete sich im Hauptgebäude. Ihm wurde dort mitgeteilt, dass sein Frachter so gegen 04:00 Uhr in der Nordschleuse festmachen würde.

Eine knappe halbe Stunde später kam einer der Festmacher und bedeutete ihm, mitzugehen.

Sie gingen über das Schleusengelände und in der Mitte zwischen zwei Schleusenkammern meinte er trocken: »Hier kannst du warten, bis dein Dampfer einläuft.«

In der Nähe der Bank standen einige, hübsch aufgereiht, voll bepackte Paletten. Fiete warf einen Blick auf einen der aufgeklebten Packzettel, auf dem *Hasselburg* stand.

Er betrachtete die verschiedenen, auf den Paletten aufgestapelten Kartons. Vom Inhalt war natürlich nicht viel zu erkennen, aber er vermutete überwiegend Fressalien und einige Ersatzteile.

»Tja, haben in Polen wohl nicht alles bekommen, was sie benötigten.«

Er beobachtete gelangweilt einige Zeit das Treiben in der Schleuse, bis ihm plötzlich einer der Festmacher ein Handzeichen gab und er blickte in die angezeigte Richtung.

Dann sah er sie, wie sie die letzte Meile durch die Kieler Bucht zurücklegte, die *Hasselburg,* sein neuer Arbeitsplatz.

Da rauschte sie heran, genauso rostrot, mit einem Stich ins Bordeaux gehende, der gleiche Anstrich wie bei der *Schauenburg.*

Langsam, ganz langsam schob sie sich zu guter Letzt in die Schleusenkammer, wo die Festmacher sie bereits erwarteten. Und dann ging alles ganz schnell. Eine Gangway wurde von der Schleuse auf die Schanzung gelegt.

Als Fiete dann über die Gangway an Bord ging, wurden die ersten Paletten bereits mit den Schwingbäumen an Bord gehievt. Irgendjemand reichte ihm seine schwielige Hand und so stand er wenig später sicher auf dem Hauptdeck.

»Hallo, willkommen an Bord. Ich bin Dieter, der Bootsmann. Ich habe schon gehört, dass du bereits einige Zeit auf der *Schauenburg* gefahren bist. Na, dann kennst du dich ja aus.«

»Ja, das kann man so sagen.«

»Dann pack man deine Klamotten in die Mannschaftsmesse und geh rauf zum Funker, danach trink man 'ne Mug Kaffee. Ich hoffe, bis dahin sind wir hier auch durch, dann zeige ich dir deine Kammer.

Alles soweit klar?«

»Ja, alles gut, läuft!«

Fiete nahm seine Ausrüstung auf und stieg den Niedergang zur Messe hoch und begab sich in die Mannschaftsmesse.

Der Koch kam gleich in die Messe, nachdem er Fiete durch die Klappe erblickt hatte. Ein Bär von einem Mann mit einem sehr gepflegten Vollbart.

»Hallo«, freundlich reichte er Fiete die Hand: »Ich bin Georg, der Smut!«

Das hatte Fiete schon an der Bekleidung erkannt und erwiderte grinsend: »Und ich bin Fiete, einer der neuen Matrosen.«

»Na ja«, grinste der Smut immer noch: »hier sind doch wohl alle neu.«

Fiete holte sich aus der Pantry einen Mug heißen Kaffee und harrte dann der Dinge, die da passieren sollten.

Irgendwann später kam der Scheich und wies ihm seine Kammer an und danach war sogleich alles wie immer, Klamotten einräumen, Arbeitszeug anziehen und dann an Deck.

Er lief vorerst als Tagelöhner.

Es gab noch einen kurzen Stopp in Bremen. Noch mehr Ausrüstung, noch mehr Proviant.

Ausrüstung so gut und so viel wie möglich, denn für die nächsten Monate rückte Deutschland in weite Ferne.

Als die *Hasselburg* dann endlich den Englischen Kanal passiert hatte, kehrte an Bord allmählich auch der Alltagstrott ein.

Auf der Überreise gab es natürlich allerhand zu tun. Alle, noch von der Werft in Polen an Bord gebrachten, Kartons mussten ausgepackt, gesichtet und auf die verschiedenen Stores verteilt werden. Kurz vor Erreichen der amerikanischen Ostküste hatte die Crew alles so gut wie im Griff.

© by F. Synold

Das modernste an Brückenausstattung welche 1973 auf dem Markt war.

Einige Zeit später erreichten sie New Port News an der Ostküste der USA. Von hier aus war es allerdings noch eine ganze Zeit die Revierfahrt den James River hinauf nach Richmond.

Der River hatte allerlei Kurven und von Hampton, der Einfahrt vom Atlantik, bis Richmond waren es locker 300 Seemeilen, also bei 15 Knoten round about 20 Stunden.

Dann endlich lag die *Hasselburg* sicher vertäut in Richmond an der Kaianlage der Firma *Dupont*, ihrem Charterer. Nach dem Festmachen ihres Dampfers erschien der Bootsmann und scharte seine Deckscrew um sich, um ihnen zu erläutern, wie der Ladevorgang hier ablaufen sollte.

Alles neu! Alles anders!

»Also Jungs!«, er holte richtig aus. Der vierschrötige Bootsmann wirkte eher klein in der Mitte seiner Mannen: »Wir haben ja richtig schöne, glatte Schotten in den Räumen, zum Containerladen geradezu prädestiniert.

In die Doppelluken passen also schon etliche Container, auch in die Zwischendecks. Damit wir aber nicht nur halb abgeladen über den Teich fahren, kommt ihr ins Spiel!

Sobald die erste Lage Container im Lukentrumpf steht, kommen lose Viskoseballen und die müssen die Stauer in die Vor- und Achterkante in die Leerräume stauen.

Und eure Aufgabe ist es, das zu überwachen, damit alle freien Räume auch komplett aufgefüllt sind. Ihr geht in jeder Luke Raumwache und achtet konsequent darauf, dass die Docker ordentlich arbeiten. Sollte das nicht der Fall sein, sagt ihr mir Bescheid und ich regele das dann mit dem Stauervize. Sollten Freiräume unvermeidlich sein, dann müssen wir laschen oder abpallen. Leute, wir haben hier keine Laschgang, also pall stauen ist die halbe Miete, umso weniger Arbeit haben wir.«

Danach gab es dann auch noch eine Einteilung und weil in allen Luken gearbeitet wurde, waren die See Lord auch schnell auf die Luken verteilt.

Im Hafen wurde aber zu dem Zeitpunkt nur am Tag gearbeitet. Und dann war Ausscheiden!

Fiete blickte in Ullis bärtiges Gesicht: »Was ist? Landgang?«

Ulli, seines Zeichens auch Matrose, platzte fast: »Natürlich! Mensch, Kerl, weißt du überhaupt, wo du hier bist? Richmond! DIE Universitätsstadt der amerikanischen Ostküste! Das heißt junge Hühner ohne Ende!«

Inzwischen hatten sich Siggi, ein weiterer Matrose, Peter, der Messesteward und Paul, ein Decksmann zu ihnen gesellt.

»Das ist doch echt geil!«, Paul hatte schon leicht gerötete Wangen: »Wird auch Zeit, muss endlich mal wieder aufn Entsafter!«

Peter, der Messesteward war noch sehr jung und sah Paul pikiert an: »Du bist eine alte Sau, du hast wirklich eine echt ordinäre Ausdrucksweise.«

»Nun stell dich man nicht so an, Kleiner! Du bleibst sowieso hier, weil du noch zu jung für solche Spiele bist!«

»He, he, was soll das blöde Gelaber? Gleiches Recht für alle!«

Nun mischte sich Fiete ein: »Okay, wir nehmen dich mit, aber bedenke, in allen Staaten der USA darfst du erst ab einem Alter von 21 Jahren Alkohol trinken und dann auch nicht im öffentlichen Raum. Also überleg es dir, ob du überhaupt noch mitwillst.«

»Ja, dann halte ich mich eben zurück und mache einen Coca-Cola-Abend.«

Seine Gesichtszüge zeugten aber nicht von großer Begeisterung.

»Okay, in einer halben Stunde alle hier an der Gangway und dann ziehen wir los!«

Dann waren die Jungs unterwegs, allerdings war am Gate erstmal Stopp.

»Wie weit ist es bis in die Downtown?«, lautete die erste Frage an den Wachmann im Gate-Office.

Er lächelte wissend: »Ja Jungs, zu Fuß so circa eine dreiviertel Stunde.«

Unschlüssig blickten die fünf sich an, eines war aber klar, sie wollten in die Stadt. Also musste ein Taxi her. Gesagt, getan. Der Wachmann telefonierte und hob den Daumen. Alles klar!

Nach nicht allzu langer Zeit trafen sie in Downtown ein und staunten erst einmal nicht schlecht. Beinahe eine Kneipe neben der anderen und alle gesteckt voll junger Leute.

Also, Semesterferien waren hier und jetzt bestimmt nicht.

Plötzlich stoppte Ulli vor einer Kneipe und winkte die Jungs zu sich heran.

»Ich weiß nicht, ob ihr das auch schon gesehen habt. Fast alle Kneipen haben Schilder in ihren Fenstern.

FOR MEMBERS ONLY

Wer des englischen mächtig ist, weiß ganz genau was das bedeutet.

»Verfluchte Kacke«, Fiete fand als erster Worte: »Verdammt, alle Kneipen nur für Mitglieder?

Das kann doch nicht wahr sein!« Er verzog missmutig sein Gesicht.

Plötzlich klopfte von innen jemand gegen die Glasscheibe. Alle wandten sich dem Fenster zu und erblickten hinter der Scheibe ein hübsches, junges Mädchen, das ihnen durch Handzeichen zu verstehen gab, sie mögen doch zur Eingangstür kommen.

120

Die Fünf gingen zügig zum Eingang des Lokals und das Mädel öffnete ihnen.

Die erste Frage, die sie stellte, ließ großes Staunen aufkommen. Schon wieder sofort als Ausländer entlarvt!

»Hello boys, where do you come from?«

Etwas stotternd vor Aufregung antwortete Fiete unumwunden: »From western germany!«

»Okay«, fuhr sie fort: »wollt ihr eintreten?«

Ulli blickte sie überrascht an: »Aber hier steht doch überall klar und deutlich: *Nur für Mitglieder!*«

»Okay, come on in, I'll fix it.«

Freudig traten die fünf jungen Fahrensleute ein und niemand machte irgendwelche Anstalten, sie daran zu hindern.

Das junge Mädchen führte die Jungs in den hinteren Bereich der Bar. Dort befand sich unter anderem auch ein etwas größerer Tisch mit etlichen jungen Frauen. Als sie die fünf jungen Männer erblickten, begannen sie, laut zu juchzen und schienen, sich über alle Maßen zu freuen.

Fiete stieß Ulli an: »Wo sind wir hier denn reingeraten?«

Ulli genussvoll: »Abwarten, immer erstmal abwarten. Lass den Dingen ihren Lauf!«

Fiete hatte bis Dato schon viele Häfen in der westlichen Hemisphäre angelaufen und gesehen, aber so etwas hatte er noch nicht erlebt. Nicht einmal auf Madagaskar und da waren die Girls rattenscharf! Aber das hier, das war eine ganz andere Nummer.

Die kleine Zarte, die die Jungs hereingebeten hatte, hieß Nancy. Sie schien, so eine Art Organisationstalent zu sein, jedenfalls passte es am Tisch mit den Sitzgelegenheiten wunderbar. Am Tisch saßen nun die Jungs und die amerikanischen Damen beieinander.

Ulli blickte Nancy an und fragte sie freundlich, wie sie es gemanagt hatte, dass sie sich hier in der Bar aufhalten konnten. Sie blickte ihn an, sah ihm tief in die Augen und hauchte dann:

»Top secret!«

Sie legte vor den Jungs fünf Karten auf den Tisch. Auf den Karten stand ganz oben: *Guest Student*.

Da staunten die Jungs allerdings nicht schlecht. Sie füllte irgendetwas auf den Karten aus und danach legte sie jedem Einzelnen eine Karte hin und bat ihn diese zu unterschreiben.

»Mit dieser Karte seid ihr jetzt nicht nur Mitglied in diesem Club, sondern seid berechtigt, alle Bars und Clubs in Richmond zu besuchen.«

Die fünf See Lord kamen aus dem Staunen nicht mehr heraus und Peter, der Steward konnte sich gar nicht mehr einkriegen. Ulli blickte ihn grinsend an und meinte nur trocken: »Du bist aber ein verdammt junger Student!« Dann aber widmeten die Jungs sich endlich allen, jungen Damen am Tisch. Die erste Bestellung lief und aus der Juke-Box ertönte der Top-Ten-Hit von Paul McCartney & Wings: *Band on the run!*

Nachdem alle ihre Drinks erhalten hatten und Peter seine eisgekühlte Cola, bestellten sie natürlich auch eine Runde für die jungen Ladys.

»Okay«, begann Ulli und wandte sich direkt an die jungen Amerikanerinnen: »Seid ihr wirklich alle Studentinnen?«

Daraufhin lachten alle sehr laut und herzhaft wie auf Befehl.

»Natürlich nicht!«, begann Nancy sofort, irgendwie erhob sie sich zu so einer Art Sprecherin für alle: »ich bin zurzeit arbeitslos, hier die kleine Mia ist Schweißerin in einem Navy-Dock-Yard. Ava, unsere kleine Barbiepuppe«, eine nett aussehende Blondine, kicherte vor sich hin als ihr Name erwähnt wurde: »wohnt mit mir zusammen, aber Amalia und Olivia sind waschechte Studentinnen. Ich bin aber der Meinung, sie wissen noch nicht genau, was sie mal machen möchten.«

Ulli nickte zustimmend: »Na, da sind wir ja in einer illustren Runde gelandet!«

Allmählich kamen nun auch Gespräche zustande. Die Mädel hatten sich umgesetzt, alle am Tisch verteilt. Nancy saß nun neben Fiete und Ulli unterhielt sich mit der Barbiepuppe, Ava.

Alle schienen, sich prächtig zu verstehen.

Irgendwann so gegen Mitternacht meinte Nancy, sie wolle nun mit Ava aufbrechen und ob Ulli und Fiete noch Lust hätten, auf ein Bier in die Wohngemeinschaft der Beiden mitzukommen?

Die Beiden blickten sich einen kurzen Augenblick fragend an und nickten dann sehr intensiv.

»Okay!«

Nancy kaufte sich noch zwei Sixpack Bier und ging zum Parkplatz. Ihr Gang war schon etwas onduliert mit leichten Sidesteps.

»*Donnerwetter!*«, dachte Fiete: »*Wer fährt das Auto? Ach ja, ich vermute mal Ava!*«

Da lag er aber total daneben, Ava und Ulli ließen sich genussvoll auf der Rückbank des Amischlittens nieder.

Nancy pflanzte sich hinters Steuer, die Sixpacks beförderte sie lässig auf den Beifahrersitz, was Fiete aber nicht mitbekam.

Er öffnete die Beifahrertür und schwang sich locker ins Auto auf den Beifahrersitz, kam auf etwas, für ihn undefinierbares, zu sitzen. Sofort zog es eiskalt durch seine dünne Hose.

Er erschrak sich so mächtig, dass er augenblicklich aus seinem Sitz emporschnellte und dann mit seinem Kopf unter das Autodach knallte, danach fiel er total fertig zurück in den Sitz. Nancy hatte blitzschnell reagiert und die Sixpacks vom Sitz entfernt. Sie blickte ihm tief in die Augen und dann schüttelten sich beide aus vor Lachen.

Und dann ging sie los: *Lützows wilde Jagd.*

Runter vom Parkplatz, ein, zwei kurze Straßen passieren und dann rauf auf die Interstate.

Aber das sah Fiete nicht mehr, denn er war mit seinem Kopf unter ihrem Pulli getaucht. Dass sie keinen BH trug, hatte er schon in der Bar festgestellt, weil ihre Knospen sich ganz klar steil aufgestellt unter dem dünnen Pulli abzeichneten.

Sie genoss es scheinbar sehr, während der Fahrt so ein klein wenig liebkost zu werden.

Nach einiger Zeit zog Fiete seinen Kopf wieder unter dem Pulli hervor und warf einen Blick durch die Frontscheibe, doch da erschrak er sehr. Nancy nutzte für ihre Fahrkünste so ziemlich drei Fahrspuren der Interstate: hin und her, her und hin.

Fiete riss sich ein Bier auf und trank in kräftigen, großen Schlucken, um dann sofort wieder mit seinem Kopf unter ihrem Pulli zu verschwinden.

Erst als das Fahrzeug stoppte, kam sein Kopf wieder unter dem Pulli hervor.

Nancy lachte gurrend: »Come on, wir sind da!«

Auch Ava und Ulli hatten das Auto bereits verlassen, während Fiete sich das Bier schnappte und ihnen ins Haus folgte.

Die gemeinsame Wohnung der beiden war groß und einladend, ja, richtig gemütlich.

Sie machten es sich bequem und dann geschah etwas, womit die beiden Seeleute in ihren finstersten Träumen nicht gerechnet hätten.

Sie redeten und diskutierten mit den beiden jungen Damen bis in die frühen Morgenstunden.

Irgendwie im Nachhinein betrachtet, waren es alles unfruchtbare Diskussionen über Gott und die Welt und den Weltfrieden, aber ohne endgültiges Ergebnis.

Nancy fuhr Fiete und Ulli, es war schon hell, dann noch zum Schiff und entließ die Beiden am Gate. Außer Spesen nichts gewesen.

Naja, son lütt beeten Knutschen und Petting, aber das war auch schon alles.

GOOD GERMAN BOYFRIENDS!

Morgens 07:30 Uhr zum Frühstück saßen in der Mannschaftsmesse nur kaputte Gestalten.

»Naja, haben ja alle wohl auch nur ein paar Stunden geschlafen, wenn überhaupt.«

Der letzte Schluck Kaffee in der wärmenden Morgensonne bei einer Smoke auf dem Achterdeck und dann stand der Scheich plötzlich bei ihnen. »Na, Jungs? Alles gebongt?«

© by R. Neumann

So sah es aus, im Moment litt die Vorkante der Aufbauten noch etwas am Fleckfieber.

Der Scheich grinste: »Wir haben hier eine ganz gute Liegezeit und in den nächsten zwei Tagen benötigen wir keine Raumwache. Die Polen haben ordentlich beim Malen der Vorkante Brücke gepfuscht, wie ihr sicherlich schon gesehen habt. Also, was sagt uns das?«

Er lachte, aber nur allein, ein richtiges, freudloses Lachen.

»Los jetzt! Stellagen und sämtliches Material, was benötigt wird in die Brückennocken und auf das Peildeck. Heute Roststecken und Rotschutz fertig! Verstanden? Los jetzt, Attacke!«

Die Deckscrew war nun hellwach und im Nu waren die Stellagen aufgeriggt und flott wurden die Roststecker geschwungen.

Fiete ging es nicht ganz so schlecht, er war Kabelede und gab das Material, Werkzeug und die Farben raus. Selbstverständlich war er mit auf dem Brückendeck, als die Stellagen geriggt wurden.

Es war bereits kurz vor Mittag, er stand in der Backbordnock und hatte soeben einen Eimer mit Rostschutzfarbe zu den Jungs auf der Stelling hinabgelassen, da stand Paul der Decksmann neben ihm.

»Na, da habt ihr ja gestern wohl ein ordentliches Fass aufgemacht. Gaststudent!«

Fiete zog erstaunt seine linke Augenbraue hoch.

»Menschenkinder Paul, ist der Funker heute schon so früh hoch gewesen, um die Bordzeitung zu schreiben?«

Daraufhin blickte Paul Fiete etwas ratlos an.

»Häh, was meinst du?«, er blickte immer noch etwas dümmlich aus der Wäsche, aber er versuchte, alles im Griff zu behalten: »Und heute Abend wieder in die Studenten-Pinte?«

Überaus neugierig sah Paul Fiete an.

Fiete erwiderte genervt Pauls Blick: »Mensch Kerl, hast du eigentlich keinen Frisör? Nerv hier nicht rum, lass mich in Frieden!«

Unbefriedigt trabte Paul von dannen.

Plötzlich sah Fiete den Bootsmann in Luke vier mitten zwischen den Dockern wild gestikulierend stehen. »Jungs«, rief Fiete den Seelords auf den Stellagen zu: »kommt schnell hoch, ich glaube der Bootsmann hat ein dickes Problem mit den Hafenarbeitern in Luke vier!«

In Windeseile hatten die Jungs der Deckscrew ihre Stellagen verlassen und stürzten die Niedergänge hinunter zum Hauptdeck, zur Luke vier.

Als sie sich an der Lukenkimming hochgezogen hatten und in die Luke sehen konnten, da staunten sie nicht schlecht.

Der Scheich hatte sie bereits erblickt und winkte nur ab, fuhr dann aber fort sich mit den Dockern zu unterhalten, im allerfeinsten Englisch.

»Also, eins will ich euch jetzt noch einmal erklären«, fuhr er fort und hatte sich dabei erneut der Gruppe Schauerleute zugewandt: »dass wir Deutschen den Krieg verloren haben, war Pech. Wenn alle Soldaten besoffen sind, können sie natürlich keinen Krieg gewinnen, okay? Aber young Boys, ihr, ihr Amerikaner, ihr könnt ja absolut gar nichts! Hört euch doch nur mal die Namensliste derjenigen an, die hier im Lande etwas bewegen! Und dabei das Land echt nach vorn bringen, da wäre zum Beispiel:

Wernher von Braun
Walter Dornberger
Arthur Rudolph
Ernst Stuhlinger
Fritz Müller
Oswald Lange
Robert Oppenheimer

Alle Leute die bisher hier im Lande etwas bewirkt und auf die Beine gestellt haben, waren Deutsche.«

Er hatte sich richtig in Rage geredet.

»Und wann beginnt ihr nun endlich und macht etwas selbstständig?«

Keiner der amerikanischen Hafenarbeiter erwiderte auch nur eine Silbe, bis auf den Vormann, er rief ihnen nur vier Worte zu. »Lets get it on!«

Wie aus einer Hypnose erwachend, wandten sich die Docker wieder ihrer Arbeit zu.

Der Scheich kam über die Raumleiter an Deck, sein Kopf war hochrot.

»Was macht ihr denn hier?«, war dann seine unwirsche Frage an die Jungs.

»Wir dachten, du hättest ein Problem und könntest ein wenig Beistand gebrauchen«, versuchte Fiete, den Auflauf zu entschuldigen.

»Blödsinn, geht sofort wieder an eure Arbeit!«, meinte der Bootsmann übellaunig und verschwand.

»Hallo, Jungs, ihr habt den Scheich gehört, Lunten aus und zurück auf die Stellagen!«

Dann war auf einmal Ulli neben Fiete: »Was ist mit dir, kommst du heute Abend mit an Land?«

»Nee, gar nichts. Heute Abend nach dem Ausscheiden unter den Strahl, essen und ab in die Koje!«

»Jaaa«, meinte Ulli gedehnt und irgendwie zustimmend: »wahrscheinlich hast du Recht«, und damit erklomm er den ersten Niedergang auf seinem Weg zum Brückendeck.

Über den Tag gingen die Arbeiten an der Vorkante Brücke sehr flott voran. Der Auftritt vom Scheich in Luke vier war natürlich das Thema Nummer eins an diesem Tag.

Am frühen Abend, alle Dienstgrade von Deck und aus der Maschine saßen gemeinsam in der Mannschaftsmesse und genossen ihr wohlverdientes leckeres Abendessen, als der Zweite Offizier die Messe betrat.

»Guten Abend und guten Appetit alle zusammen, es müsste mal jemand mit ins Ladebüro kommen. Dort ist das Gate am Telefon und hat ein Gespräch: *For the german boys from last night*.«

Der Zweite grinste irgendwie schadenfroh: »Los, nun macht schon, irgendeiner!«

Ulli und Fiete blickten sich an und standen beinahe zeitgleich auf, kurz darauf hielt Fiete den Telefonhörer des Landtelefons in der Hand.

»Hello?«

Es antwortete der Wachmann vom Haupttor und er erklärte ihm es würden vor dem Tor einige junge Damen in ihrem Auto auf sie warten. Fiete fragte den Wachmann, ob er nicht eine der jungen Damen ans Telefon holen könnte und kurze Zeit später sprach er mit Nancy.

Seine Müdigkeit hatte sich auf wundersame Art aufgelöst.

Er erklärte Nancy kurz, dass sie in einer knappen halben Stunde am Tor sein würden.

Ja, auch mit Ulli, selbstverständlich.

Sie schien total relaxt und meinte abschließend: »Okay, wir warten.«

Ulli und Fiete gingen zurück in die Messe und wurden sofort mit allerlei Fragen überhäuft.

»Jungs«, ließ Ulli dann verlauten: »Leute es ist absolut nichts los, es waren nur unsere Girlies von letzter Nacht. So, wir müssen uns jetzt beeilen, Tschüss!«

Im Sturmschritt verließen Ulli und Fiete die Messe und eine knappe halbe Stunde später durchschritten sie, frisch geduscht und in ordentlichen Landgangsklamotten das Hafentor.

Die Mädel sprangen jauchzend aus dem Auto und liefen schnurstracks auf die beiden zu, warfen sich in ihre Arme. So, als hätte man sich jahrelang nicht gesehen.

Der Wachmann hinter der Fensterscheibe seines Häuschens schüttelte nur ungläubig den Kopf.

Dann ging es im Auto von Nancy nach Downtown, wieder in die Kneipe der letzten Nacht. Der Türsteher ließ sie ohne viele Fragen passieren. In der Kneipe, wie konnte es anders sein, steppte der Bär. Aus der Musik Box ertönte George McCraes Song *Rock your baby* und einige Anwesende tanzten dazu zwischen den Tischen. Die Stimmung war schon sehr ausgelassen.

Und so schlossen sich die Vier den anderen *Studenten* an, tranken, tanzten, lachten, scherzten und tobten durch das Lokal.

Fiete schaffte es sogar kurzzeitig auf den Tresen, um dort seine eigene Show abzuziehen. Alle Anwesenden johlten und klatschten in die Hände. Er hörte später nur irgendwo, ganz nebenbei: »All Germans are crazy.«

Dann, irgendwann, zu einem späteren Zeitpunkt meinte Ulli zu Ava: »Aber heute bleiben wir nicht so lange, oder?«, dabei küsste er sie sehr zärtlich.

Ava tuschelte daraufhin mit Nancy und plötzlich lachten die beiden laut auf, so als hätte ihnen gerade jemand einen tollen Witz erzählt. Dann nickte Ava nachdrücklich mit ihrem hübschen Kopf: »Okay, bezahlen wir und verschwinden.«

Im Auto meinte Nancy dann: »Wir könnten doch noch in die Hilli-Billy-Bar fahren!«, und zwinkerte Ava mit Verschwörer Miene zu, wahrscheinlich um sich ihr Einverständnis zu sichern.

Die aber schüttelte vehement den Kopf: »Heute nicht in den Bums, lass uns lieber nach Hause fahren.«

»Okay«, war dann aber auch alles was von Nancy kam, sie schaltete die Automatik auf *Drive* und gab Gas. In der WG, der gemeinsamen Wohnung der zwei jungen Damen angekommen, öffneten Fiete und Ulli sich zu allererst einmal ein Bier und machten es sich bequem.

»Also«, begann Fiete und sah dabei Ulli an: »heute Abend möchte ich aber nicht wieder nur diskutieren und ein klein wenig Knutschen und nur rumfingern! Heute muss schon etwas mehr passieren!«

»Hallo! Nun komm aber mal, bleib locker, du kannst die Hühner doch nicht zu irgendetwas zwingen.«

»Nee, will ich ja auch nicht, aber ich habe den Eindruck, als würden die denken, wir hätten riesengroße Freude daran nächtelang zu palavern. Ich bin schließlich kein Austauschstudent, dem es um Völkerverständigung geht. Wenn die sich das einbilden, dann haben sie sich aber ordentlich getäuscht.«

Da strich Nancy ganz dicht an Fiete vorbei und eine sehr angenehm duftende Wolke Parfüms zog hinter ihr her.

»Ich gehe mal eben ins Bad«, hauchte sie und Fiete blickte wieder fragend und achselzuckend zu Ulli hinüber. Der antwortete stumm mit der gleichen Bewegung, ahnungsloses Schulterzucken.

Und dann geschah etwas, was man so nicht aus amerikanischen Filmen kannte, wo die Protagonisten ja meistens immer wie die Tiere über einander herfielen und sich vor angeblicher *Geilheit* die Kleider vom Körper rissen.

Nein, ganz anders. Nancy kam zurück aus dem Bad, nun trug sie nur noch ein kurzes, nichts verhüllendes Negligé, fasste Fiete an die Hand, zog ihn hoch von seiner Sitzgelegenheit und hauchte ihm ganz zart ins Ohr.

»Lets go to sleep.«

Anstandslos ließ Fiete sich von Nancy in ihr Schlafgemach führen.

Das Zimmer hatte den Ausdruck, den die Amis immer so schön zu sagen pflegen, **MASTER BEDROOM,** voll und ganz verdient.

Nach einer wunderbar erfüllten Nacht brachte Nancy, Fiete und Ulli früh morgens zum Schiff.

Beim Abschied nur eine Frage von ihr: »Wir sehen uns heute Abend?« Er blickte sie an: »Ich rufe dich an, wenn sich etwas ändern sollte. Okay?« »Okay«, antwortete sie, irgendwie traurig.

Der Tag an Bord begann wie immer mit einem guten, reichhaltigen Frühstück, zu dem sich an diesem Morgen wieder einmal der Bootsmann gesellte.

»Also Jungs«, begann er seltsam zahm: »mal schauen, wie die Hafenarbeiter heute arbeiten.«

Und dann ließ er die Bombe platzen.

»Geplant ist Auslaufen für heute Abend 06:00 Uhr!«

Augenblicklich setzten ein Geschrei und Diskutieren ein, sodass niemand mehr sein eigenes Wort verstehen konnte. Ein lauter Pfiff, Ruhe.

»Also, hört mir zu«, begann der Bootsmann nun noch einmal: »der Ablader hat sich etwas verkalkuliert. Wir bekommen also keine Deckslast. Die komplette Deckslast ist gecancelt, daher auch der frühe Auslauftermin. Die Docker machen heute noch die Zwischendecks klar, das geht zügig und danach Auslaufen.

Nun zu den heutigen Arbeiten! Könnt ihr euch bestimmt schon denken, die Gang von gestern, Vorkante Brücke weiß malen und zwar mit etwas Dampf. Heute Abend will ich alles in einem strahlenden Weiß sehen. Frohes Schaffen.«

Dann wandte er sich noch kurz an Fiete: »Wenn du nachher das Weiß für die Vorkante Aufbauten fertig machst, gib mal in jeden Eimer einen kleinen Schuss blaue Abtönfarbe, das gibt dem Weiß so einen ganz leichten Touch von Arktis-Eis und vor allen Dingen vergilbt das Weiß nicht so schnell. So, nun aber los!«

Die Arbeiten schritten zügig voran, es waren aber auch alle Mann voll im Gange und die weißen Rollen beschichteten Quadratmeter für Quadratmeter der Vorkante, hüllten sie in ein absolut herrliches Weiß mit kaum wahrnehmbarem Blaustich.

GLETSCHERWEISS!

Am späten Nachmittag wurden die Stellagen abgebaut und wieder ordentlich verstaut.

Beinahe zeitgleich wurden in Luke vier Steuerbordseite, der Lukentrumpf war schon mit Containern gefüllt, die letzten Viskoseballen in die Vor- und Achterkante gestaut. Kurz darauf wurde auch diese Luke geschlossen. Die Ladearbeiten waren abgeschlossen, die *Hasselburg* war zwar nicht vollkommen abgeladen, aber für die erste Reise war der Ladebetrieb beendet.

Der Lotse war bestellt und die Deckscrew begann damit, ihren Dampfer seeklar zu machen.

Als sie Ausliefen, Fiete hatte zwischendurch noch schnell mit Nancy telefoniert, sahen Fiete und Ulli und alle anderen an Deck natürlich auch, am Ende des Hafens ein ihnen bekanntes Auto stehen. Der Kapitän betätigte auf der Brücke das Typhon und gab damit das Zeichen zum Auslaufen und die Mädel am Ende der Pier antworteten mit ihrer Autohupe und wilden Lichtzeichen ihrer Lampen.

Ulli und Fiete standen hoch oben auf Luke drei und wedelten wie wild mit den Armen, winken konnte man dazu nicht mehr sagen.

Vom Land aus antworteten Nancy und Ava, indem sie große bunte Tücher zum Abschied schwenkten.

Im Stillen dachte Fiete:

»Alles locker, Mädels. Antwerpen ist nur mal eben über den Teich, in drei Wochen sind wir wieder zurück und dann heißt es wieder: »THE SHOW MUST GO ON!«*«*

Dann warf er den Girls noch eine Kusshand zum vorläufigen Abschied zu.

»Leverkusen«

Liniendienst US-Golf

Datenblatt M/V »Leverkusen«

Eigner:	Hapag-Lloyd AG
Bereederung:	Reederei, Hapag-Lloyd AG, Hamburg
Unterscheidungssignal:	D G L U
Heimathafen:	Hamburg
Länge:	165,3 Meter
Breite:	24,5 Meter
Tiefgang:	
Tonnage Volldecker	
GRT:	13.073 Brt.
NRT:	
tdw:	16.265 tdw.
Tonnage Freidecker	
GRT:	
NRT:	
Besatzung:	38 Personen
Cont. Stellplätze:	425 TEU – Container
Hauptmotor:	Diesel / 22.500 PSe
Geschwindigkeit:	23 Knoten
Bauwerft:	HDW, Werk Finkenwerder, Bau Nr. 10
Stapellauf:	29. Mai 1970
Indienststellung:	25. November 1970
Charter Namen:	Ablieferung für Hamburg – Ostasien, Jung-fernreise 25. November 1970. 1974 Einbau von Container Schienen für 425 TEU – Contai-

ner. 1979 Umbau beim Bremer Vulkan zum Voll-Containerschiff. 16.736 Brt., 176,5 Meter Länge ü. A., 951 TEU. Umbenannt in »*Leverkusen Express*«. Das beim Umbau herausgetrennte 90 Meter lange Mittelschiff wurde in dem im Dezember 1979 abgelieferten Frachter »*Bertram Rickmers*« weiterverwendet.

M/V »Leverkusen«, OMNI – Klasse 1976 Liniendienst

Eine Stewardess mit Ambitionen US-Golf

Fiete fuhr schon eine ganze Zeit bei *Hapag – Lloyd*, konnte aber bisher seine Tramper-Manieren nicht so recht ablegen. Was ihn am allermeisten irritierte, waren die Freiwach-Klamotten.

© by F. Synold
Hier die »Leverkusen« in voller Fahrt, 1976, auf Ausreise.
Es gab mehrere Schiffe dieser so genannten OMNI-Klasse, von Hapag-Lloyd: die Hoechst, Leverkusen, Ludwigshafen und Erlangen.

So war er, bevor er auf dem Dampfer einstieg, am Rödingsmarkt in Hamburg bei *Steinmetz & Hehl* und erhielt dort einmal passend: 1 x Khaki lang, 1 x Khaki kurz, 2 x Blaumann und noch einige Kleinigkeiten. Das hatte es auf einem Tramper nicht gegeben, da hatte jeder selbst seine komplette Ausrüstung und Klamotten mitzubringen. Und von Kleidergeld, wie bei *Hapag,* davon träumten die Maaten nur. Aber auf dem Dampfer war dann alles wie immer, arbeiten musste man überall und die Handgriffe waren bekannt und eingeübt.

Es lief natürlich alles etwas gesitteter ab als auf einem Tramper, es fuhren nicht ganz so wilde Maaten und es wurden deutlich weniger Kraftausdrücke benutzt. Und so ging es abends nach Ausscheiden in die Mannschaftsmesse, um zu essen. Dort war er dann meistens der einzige Seemann.

Eines Abends, er speiste mal wieder allein, sprach er den Koch an.

»Sag mal Smut, wo sind eigentlich die anderen Maaten? Essen die alle an Deck auf einem Poller oder in ihrer Kammer oder was?«

»Nee, nee, die sitzen abends immer nett und ordentlich zusammen in der Offiziersmesse.« Fiete bekam Stielaugen. »Noch mal! Was hast du gesagt? Die essen in der O-Messe?«

Der Koch nickte bekräftigend mit dem Kopf und Fiete schüttelte seinen einfach nur ungläubig.

Und dann war da ja noch diese andere Sache, die er vorher so überhaupt nicht gekannt hatte.

Frauen an Bord! Auf einem Frachter! Nein, keine mitreisende Ehefrau. Nein, die Frauen waren offizielle Besatzungsmitglieder.

Stewardessen!

Als Fiete sie zum ersten Mal sah, bekam er ungläubige, große Augen.

Einige Tage später kam der Schiffsbetriebsmeister zu ihm und bat ihn um Gehör.

»Du, Fiete, das abends in der Mannschaftsmesse geht so absolut nicht.« Fiete blickte ihn erstaunt an.

»Weshalb nicht?«

»Na, ist doch ganz einfach: Wir machen alle um 17:30 Uhr Ausscheiden, springen in die Dusche und um 18:00 Uhr sind dann wieder alle versammelt zum Abendessen, in der O-Messe!

Meinst du, du hast die Klamotten von Kuddel-Hapag bekommen, um damit eine Ausstellung zu machen? Ich glaube wohl eher nicht. Also, mit anderen Worten, du bekommst bis 18:00 Uhr bezahlt, so wie alle anderen Tagelöhner auch. In Zukunft isst du mit uns zusammen in der O-Messe. Alles klar?!«

»Yes, Bootsmann, alles tutti!«

»Und einen Bootsmann gibt es hier auch nicht mehr!«

Fiete blickte dem **NICHT**- Bootsmann, sondern Schiffs-Betriebs-Meister sinnierend nach, als er zwischen denen an Deck aufgereihten Containern verschwand.

»Naja dann werden wir heute Abend mal mit den Herrschaften in der O-Messe dinieren.

Was das wohl wird?«

So ging der Tag vorüber, gespickt mit allerlei seemännischen Arbeiten und dann war Ausscheiden. Nach dem Duschen warf Fiete sich in sein Khaki-Päckchen, er sah aus wie neu. Dann galt es, den Niedergang zur O-Messe zu erklimmen.

Er hatte das Gefühl, auf dem Gang nach Canossa zu sein. Nachdem er die O-Messe betreten hatte und die Jungs vom Deck, natürlich alle an einer Back und alle in Khaki, ihn erblickten, da musste er doch unwillkürlich grinsen und sie auch. »Komm, setz dich«, meinte Eddy, auch eine Fachkraft vom Deck, wie es so schön bei *Hapags* hieß.

»Na, siehst du! Geht doch!«, dabei klopfte er ihm freundschaftlich auf die Schulter.

Die beiden Stewardessen waren sehr aufmerksam und so stand dann auch sofort eine von ihnen neben Fiete und fragte ihn nach seinen Wünschen. Er hatte sein Essen bei ihr geordert und blickte ihr nachdenklich hinterher, für die Maaten an der Back war das vielleicht einen Augenblick zu lange. Sie war eine recht schöne Erscheinung, dabei bewegte sie sich mit einem leicht wippenden Gang vorwärts. Sie war schlank, hatte rote Haare, ihr Kurzhaarschnitt passte gut zu ihrem etwas herben Gesicht. Unter ihrer dünnen, weißen Bluse zeichneten sich ihre kleinen Brüste ganz klar ab, ließen viel erahnen und es schien fast so als trüge sie keinen BH, derweil ihre Brustwarzen ganz klar den Stoff zu durchbohren drohten. Eddy stieß Fiete an: »Bei der musst du dir nicht allzu viele Gedanken machen, die poppt nur mit Offizieren!«

Irritiert blickte Fiete ihn an: »Sorry, daran habe ich im Moment überhaupt nicht gedacht.«

»Na, ich weiß nicht«, meinte Eddy verschmitzt und schob den nächsten Bissen in seinen Mund.

Fiete hatte mittlerweile seinen Teller geleert und blickte sinnierend vor sich hin, wurde dann aber von der rauen Stimme, der vor ihm stehenden Stewardess Ursula wieder auf den Boden der Tatsachen zurückgeholt.

»Na, was iss? Willst du noch einen Nachschlag?«

In einem total schnoddrigen Slang hatte die Stewardess ihn angesprochen. Fietes Gedanken wirbelten wild durcheinander:

»Ist die Alte nicht ganz dicht? Was bildet die sich ein? Bin ich Hein Arsch?«

Fiete blickte nun total entspannt zur Stewardess auf, die natürlich auf eine Antwort wartete und dann fragte er sie seinerseits, immer noch ganz ruhig:

»Sagen Sie mal, gehen Sie auch an die Kaptänsback und sprechen den Kapitän mit Ihrer netten, zuvorkommenden Art so an: *He, wat iss, willst du noch Nachschlag?*«

An der Back der Dienstgrade herrschte Totenstille, die Maaten saßen auf ihren Plätzen wie schockgefrostet. Sie stand mit hochrotem Kopf vor Fiete und war zur Salzsäule erstarrt. Allerdings sie hatte sich wieder schnell gefasst und plötzlich lächelte sie überaus freundlich und danach stellte sie ihre Frage erneut, jedoch etwas abgewandelt. »Möchtest du noch etwas von dem Hauptgericht nachgereicht haben?«

Und ebenso freundlich antwortete Fiete: »Ja, das wäre sehr nett, aber bitte nicht zu viel. Danke!«

Mit wippendem Gang verließ sie die Back der Jungs, wo augenblicklich wilde Diskussionen aufbrandeten. »Was hast du denn jetzt gemacht? So macht man sich keine Freunde. Bist du nicht ganz dicht? Das kann doch wohl nicht angehen! Wenn sie das einem der Offiziere steckt, dann hast du ganz schlechte Karten.«

So, oder so ähnlich lauteten nun die Kommentare der Anwesenden, die Fiete sich anhören musste. Er war keineswegs erschüttert und grinste nur.

»Jungs, immer locker bleiben, alles ist gut!« Er bekam seinen Nachtisch serviert und war hochzufrieden über den vorsichtigen, eher skeptischen Blick der Stewardess.

Die Tage der Überreise zur Ostküste der USA waren weiterhin erfüllt mit Arbeit und vom Wachegehen. Fiete hatte mittlerweile mit einem Kollegen die Aufgaben getauscht, sodass er nun Wachgänger war und sein Kollege Tagelöhner. Er ging nun mit dem Ersten Offizier 04:00 Uhr – 08:00 Uhr Wache. Irgendwann fragte Fiete den Ersten auf seinem Wachtörn, wie es denn hier an Bord mit einer Bordvertretung aussah. Fiete war schon seit seinem Eintritt in das Arbeitsleben ein Gewerkschaftsmitglied, dafür hatte sein alter Herr gesorgt, der der Gewerkschafter unter der Sonne war. Da es bei der *Hapag – Lloyd AG* einen ausgezeichneten Seebetriebsrat gab, war es ja nicht von der Hand zu weisen, eine Bordvertretung ins Leben zu rufen.

Die ganzen Sachen, die man für Gründung und Leitung einer Bordvertretung benötigte, also sämtliche Papiere und Unterlagen lagerten in einem Schreibtisch im Ladebüro. Da an Bord ausreichendes Interesse bestand, begann Fiete zusammen mit zwei Helfern alles vorzubereiten. Somit stand einer Wahl nichts mehr im Wege. Das Okay der Schiffsleitung hatte er auch erhalten.

Fiete war eine gewisse Zeit in dem Glauben verhaftet, der einzige Kandidat für die Wahl zum Vorsitzenden der Bordvertretung zu sein.

War er aber nicht! Auch die rothaarige Stewardess Ursula hatte sich aufstellen lassen.

»Tja, da schnall ich ab! Was sagst du nun?«, fragte Heinz neugierig: »Wer hätte das gedacht, dass die Tante auch Ambitionen hat, sich wählen zu lassen.« Später einmal hörte Fiete hinter vorgehaltener Hand, irgendjemand aus der Schiffsleitung hätte sie animiert, ihren Hut in den Ring zu werfen.

Die Wahl ging ziemlich flott über die Bühne, ohne wirkliche Komplikationen, aber das Resultat war dann doch nicht so eindeutig, wie es die meisten vorhergesagt hatten. Fiete wurde zwar zum ersten Vorsitzenden der Bordvertretung gewählt, aber auch Ursula hatte gut Stimmen und wurde somit zweite Vorsitzende, Fietes rechte Hand oder besser gesagt, seine Vertretung.

Viele beglückwünschten Fiete für die bisher geleistete Arbeit und wünschten ihm mit der Bordvertretung viel Erfolg. Und so kam auch Ursula zu ihm und wünschte ihm viel Erfolg.

»Herzlichen Glückwunsch! Da ich ja nun deine Vertretung bin, wäre es vielleicht doch ganz gut, wenn du heute Abend nach deiner Wache kurz bei mir vorbeischaust, damit wir alles weitere in Ruhe besprechen können!«

»Okay!«, antwortete Fiete langgezogen.

»Was haben wir denn zu besprechen, was nicht jetzt schon klar ist? Du hast verloren und ich gewonnen, so einfach ist das nun mal. Na, egal. Mal schauen, was sie auf dem Herzen hat.«

Nach Wachende schlug Fiete den Weg in Richtung ihrer Kammer ein, er klopfte und sie begrüßte ihn freundlich, ließ ihn ein. Ihre Kammer war überaus gemütlich, sie hatte alles schön dekorativ aufgebaut, so gut es eben in der Kammer ging: mit Postern und Tüchern, sehr nett anzusehen.

»Hallo«, begrüßte sie ihn freundlich: »möchtest du ein Bier?«

»Ja, danke. Eins geht.«

Sie holte zwei Bier aus dem Kühlschrank, öffnete sie: »Ein Glas dazu?«

»Nein, danke. Ich trinke immer aus der Flasche.«

Sie nahm die beiden Biere und setzte sich zu Fiete auf die gepolsterte Sitzbank, auf der er hinter dem Tisch schon mal Platz genommen hatte.

»Hallo, Fiete! Achtung, pass auf dich auf. Was geht denn jetzt mit unserer unnahbaren Stewardess hier ab?«

Fiete nahm ihr eines der Biere sachte ab und prostete ihr zu: »Na, denn man auf gute Zusammenarbeit!«

Die Flaschen stießen zusammen und jeder trank einen Schluck. Schweigend blickten sie sich an und dann rückte sie doch noch ein Stück näher an ihn heran. Das passte ihm im Augenblick überhaupt nicht, also stand er auf und setzte sich auf einen Stuhl ihr gegenüber, auf der anderen Seite des Tisches. Er blickte tief in ihre rehbraunen Augen: »Und, was gibt es denn nun so Wichtiges?«

Sie war scheinbar leicht angepisst und meinte nur schnippisch: »Wir müssen noch Zeiten für die einzelnen Sprechstunden festmachen. Und dann müssen wir noch klären, wann, wo oder wie ich dich im Fall der Fälle vertreten soll.«

Ihre Stimme vibrierte leicht, es schien in ihrem Inneren wie in einem Vulkan zu brodeln.

»Ach weißt du, das mit der Sprechstunde, das machen wir nicht so starr, da bleiben wir flexibel. Das heißt, wir haben pro Woche nur eine bestimmte Anzahl von Stunden, wenn ich richtig liege vier Stunden und die nutzen wir nur bei Bedarf.

Ich glaube deine Vertretung gleichen wir von Fall zu Fall ab. Mal sehen, ob sich da überhaupt Bedarf auftut.

Schauen wir mal.«

Fiete trank noch einen kräftigen Schluck aus seiner Bierflasche und leerte sie damit, stellte sie auf den Tisch und erhob sich gemächlich. Sie tat es ihm gleich, wieder standen sie sich gegenüber, nur der Kammertisch trennte sie noch.

»Okay«, er blickte ihr zum wiederholten Male tief in die Augen: »dann will ich mal in die Koje, muss morgen wieder ganz früh raus, Wache!«

Sie verkniff sich eine Antwort, ging auf ihn zu und nahm ihn in ihre Arme. Fiete ließ es geschehen und gab ihr zum Abschied einen zarten, aber verhaltenen Kuss auf die Wange und befreite sich dann mit sanfter Gewalt aus ihrer Umarmung.

»Okay, alles klar soweit? Wir sehen uns. Ich wünsche dir eine geruhsame Nacht.«

Damit zog er ihre Kammertür hinter sich zu, in seinem Gesicht war ein diabolisches Grinsen zu erkennen.

»Ich glaube, die Kleine ist beinahe reif, schien mir doch schon recht spitz zu sein.

Abwarten und Tee trinken, bald ist sie reif zum Pflücken!«

Am nächsten Tag, es wurde natürlich zugetörnt, die Jungs von Deck hielten gerade eine kurze Smoketime, und standen gemeinsam auf dem Achterdeck bei der Kombüse, als Ursula auftauchte und direkt auf Fiete zueilte.

»Achtung!«, raunte Eddy: »Sie ist geladen wie eine Haubitze! Pass auf, sei nicht der Zündfunke!«

»Komm doch mal bitte kurz mit.«, sagte Ursula ganz ruhig zu Fiete: »Es ist äußerst wichtig!«

»Irgendwie geht sie mir ein klein wenig auf die Nüsse, schleicht jetzt schon an Deck hinter mir her!«

»Okay, was gibt es denn Dringendes, das du hier an Deck rumkriechst?«

»Du musst unbedingt in der Mittagspause …!«

Hier unterbrach Fiete sie abrupt und todernst: »Merke dir mal eins, ich muss gar nichts und schon gar nicht auf irgendwelche windigen Anordnungen oder so von dir eingehen.

Das Einzige was ich mal irgendwann muss, ist sterben, das könnte sein.«

»Fiete«, es hörte sich nun schon wie ein weinerliches Flehen an: »dann aber nach deiner Wache heute Abend?! Okay?«

»Ja, aber du weißt ja, ich habe nicht so lange Zeit, um 03:30 Uhr ist für mich wieder Tag.«

»Gut, geht alles klar. Bis dann.«

Weg war sie.

Die Jungs mit den Glimmstängeln sahen ihn nur ungläubig an. »He, läuft da was?«

Fiete hob die Hand und machte nur eine wegwerfende Bewegung.

»Alles nur Arbeit für die Bordvertretung, sonst ist nichts und nun Jungs, los, wieder zurück an die Arbeit!«

Abends, 20:00 Uhr, Fietes Wachende.

»So, nun wollen wir doch mal sehen was Uschi auf dem Herzen hat, wo der Schuh drückt.«

Gemütlich und ohne jegliche Hast ging er die Niedergänge von der

Brücke hinab mit Kurs auf die Kammertür der Stewardess. Er klopfte leicht an die Tür, diese wurde sofort geöffnet und er augenblicklich in die Kammer gezerrt, unverzüglich wurde die Tür hinter ihm verschlossen.

Fiete wusste im ersten Moment nicht, wie ihm geschah und ehe er sich versah, waren sie auch schon gemeinsam in der Koje gelandet.

»Komm her!«, keuchte sie und sie war bereits halb nackt: »Komm, du machst mich komplett meschugge. Los komm du willst es doch genauso wie ich. Mach schon, zieh deine Klamotten aus!«

Und als wäre es ein Befehl an sich selbst gewesen, so zerrte sie an Fietes Garderobe und versuchte, ihn hastig zu entkleiden. Sie war schon halbnackt und ihre Brüste hüpften bei jeder ihrer wilden Bewegungen auf und ab. Dann lagen sie endlich beide splitterfasernackt nebeneinander in ihrer Koje und begannen mit ihrem Liebesspiel, fast wortlos. Es wurde eine verdammt kurze Nacht.

Noch zwei Tage bis Savannah, Ostküste USA.

Savannah sollte ihr erster Löschhafen an der Ostküste der Staaten sein, danach ging es nach New Orleans in den US-Golf. Fiete wurde mittlerweile schon morgens zum Wachtörn in der Kammer von Ursula geweckt, er war schon beinahe eingezogen *worden*.

Und Ursula nahm ihn ordentlich in Anspruch, so schlank wie sie war so g … war sie auch!

Fiete wurde mit der Zeit immer schweigsamer, mied den Kontakt zu seinen Kollegen.

Am zweiten Tag im Hafen von Savannah hatte Fiete Deckswache, abends so gegen Mitternacht sollte sein Dampfer auslaufen. Am späten Abend, so gegen 22:00 Uhr, ging er noch einmal allein an Land.

In der ersten Hafenkneipe setzte er sich an den Tresen und bestellte sich ein Bier. Plötzlich legte sich eine Hand auf seine Schulter, er blickte auf und sah Eddy direkt ins Gesicht.

»Na, Fiete, was treibst du denn hier? Ich dachte du wolltest nicht an Land?«

»Ja, wollte ich auch nicht, bin ich vielleicht ja auch gar nicht! Bin hier nur auf ein Bier.«

Eddy klopfte ihm noch einmal freundschaftlich auf die Schulter. »Denk dran, um Mitternacht laufen wir aus.«

»Ja, ist schon gut. Auch egal, weiß Bescheid«, und schon bestellte er sich noch ein weiteres Bier. Fiete saß weiterhin am Tresen und schien zu träumen, irgendwie ging ihm die momentane Situation an Bord, für die er ja selbst gesorgt hatte, fürchterlich auf den Geist und allerhand Gedanken arbeiteten in seinem Hirn.

»Ich könnte hier ja einfach achteraus segeln, aber was mach ich dann? Ich hab so wenig Dollares kann knapp mein Bier bezahlen.«

Etwas später blickte er auf seine Armbanduhr und wieder redete er stumm mit sich selbst.

»01:30 Uhr nun ist der Dampfer schon mal weg. Okay, dann muss ich mir wohl mal 'ne Koje für die Nacht suchen.«

Er trabte los in Richtung STRICH, dort wo die leichten Mädchen den See Lord ihre Dienste anboten. Er ging auf eine mittelgroße, gut gebaute, mit leicht olivfarbenem Teint gesegnete junge Frau zu und sprach sie an. Er erklärte ihr in kurzen Worten seine Situation, dass er Seemann sei, sein Dampfer bereits ausgelaufen war und seine Barschaft auf ein Minimum geschrumpft. Nun suche er eine Bleibe bis zum nächsten Morgen, damit ihn die Cops nicht griffen, denn ohne Dampfer an Land war er nach der US – Gesetzgebung illegal eingewandert.

»Okay, Boy.«, sagte sie verständnisvoll: »Du wartest dort hinten im Schatten, bis ich dir ein Zeichen gebe. Schließlich muss ich ja auch noch etwas Geld verdienen. Sobald ich einen zahlungskräftigen Freier habe, zischen wir hier ab, okay?«

Fiete grinste zufrieden übers ganze Gesicht. »Yes, okay!«

Er ging einige Schritte die Straße hinab und versank im Schatten eines der dicht an der Straße stehenden Häuser. Nach circa 10 Minuten hatte sie einen angenockten Norweger am Wickel und wurde sich scheinbar sofort mit ihm einig.

Sie gab Fiete ein eindeutiges Zeichen und augenblicklich nahm er im Fond des Taxis Platz. Sie saß in der Mitte und der Norweger rechts außen. Er sah Fiete etwas merkwürdig mit seinen glasigen Augen an, bevor er lallend fragte: »Und wer ist das?«

Die schöne Dame des horizontalen Gewerbes antwortete ihm ohne auch nur mit einer Wimper zu zucken: »Keine Angst, mein Freund. Das ist mein Bruder.«

Dabei strahlte sie ihn dermaßen an, sodass ihm alle weiteren Fragen, sofern er denn noch welche hatte, sofort im Hals stecken blieben und dabei beließ er es dann auch.

In ihrer Wohnung angekommen, zeigte sie Fiete ein Zimmer mit Matratze und Bettzeug auf dem Fußboden und wie es bei den Amis üblich war, mit unzähligen Kopfkissen. Fiete ging in eines der Bäder, welches sie ihm zugewiesen hatte und machte sich etwas frisch, bevor er sich auf seiner Schlafstätte niederließ. Er schlief sofort ein und fiel in einen tiefen, traumlosen Schlaf.

Irgendwann tief in der Nacht, es war noch stockdunkel, spürte er eine Hand über seinen Bauch gleiten und eine Person neben sich. Im Zwielicht des Zimmers erkannte er das Gesicht der Dame die ihm Unterschlupf gewährte.

»Come on young boy, ich werde dich jetzt etwas wärmen, allein ist es doch zu kalt.«

Fiete drehte sich zu ihr um. »Und der Norweger?«

»Don't care, he's gone!«

Und Fiete nochmals: »I told you, I didn't have money!«

«Never mind.«

Dann klang die Nacht doch noch sehr angenehm aus. So ganz anders, als er sich das erträumt hatte.

Nach einem gemeinsamen Frühstück und etwas belanglosem Smalltalk meinte die junge Frau dann: »Du musst nachher sofort deine Agentur aufsuchen. Hier ist die Adresse, aber sei vorsichtig, sobald ein Streifenwagen stoppt und dich kassiert, gehst du wegen illegaler Einwanderung in den Knast, das weißt du ja.«

»Mach dir man keinen Kopf, es wird schon alles gutgehen.«

Er küsste sie zum Abschied sanft auf die Wange. »Und vielen Dank noch einmal für alles. Du bist eine klasse Frau.«

Sie hob nur lässig ihre Hand zu einem Abschiedsgruß und meinte: »You are welcome at any time, my german boy!«

Schon war er durch die Tür und auf der Straße.

Allein?!

Sie hatte ihm noch ein paar Dollar zugesteckt, so konnte er sich wenigstens ein Taxi bis zur Adresse der Agentur gönnen. Dort traf er dann auch nach einigen Minuten Fahrt ein.

In der Agentur begrüßte ihn eine Stimme, die ihm seltsam bekannt vorkam. Es war die Stimme seines ehemaligen Ersten Offiziers, mit dem er auf seinem ersten Schiff bei *Hapag – Lloyd* zusammengefahren war, dem Lash-Carrier *MÜNCHEN*.

»Guten Morgen Fiete, na, ausgeschlafen? Das hätte ich allerdings nicht von dir erwartet, dass du mal achteraus segelst. Aber passiert ist passiert. Du bewegst dich hier jetzt nicht mehr weg, ich lasse dir ein Ticket für einen Greyhound nach New Orleans besorgen und ein Clerk wird dich heute Mittag zum Bus begleiten, nicht dass die Polizei dich erwischt.«

Während er sich wieder seinen Schreibarbeiten widmete, murmelte er immer wieder vor sich hin.

»Nicht billig, das wird bestimmt nicht billig, nicht billig.«

Fiete trank in aller Ruhe seinen Kaffee, danach wandte sich sein ehemaliger Vorgesetzter wieder an ihn.

»So, der Clerk bringt dich zur Busstation, der Bus geht heute Mittag um 13:00 Uhr Ortszeit. Du wirst so circa gegen 20:30 Uhr heute Abend in New Orleans eintreffen.«

Er gab Fiete einen Zettel mit zwei Anschriften.

»Die erste Adresse ist das Motel, in dem du heute übernachten wirst in New Orleans. Die zweite Adresse ist die Kaianlage im Hafen, wo die *Leverkusen* morgen Vormittag so gegen 11:00 Uhr festmachen wird. Hier

sind noch 150,00 US-Dollar für unterwegs. Kein Geschenk, alles Vorschuss!«

Dabei zwinkerte er merkwürdigerweise mit seinem linken Auge.

Alles lief so ab, wie sein ehemaliger Erster Offizier es ihm erklärt hatte.

Abends pünktlich um 20:30 Uhr fuhr der Greyhound ohne irgendwelche Probleme und trotz mehrerer Pausen in die Busstation in New
Orleans ein.

Auf der Station gut angekommen, nahm Fiete sich zuerst einmal ein
Taxi und ließ sich ins Motel fahren, um einzuchecken und um sich etwas
zu erfrischen. Auf die Frage des Portiers nach seinem Gepäck meinte Fiete
nur grinsend: »No, nothing. I'm a sailor!«

Daraufhin grinste auch der Portier und übereichte ihm den Zimmer-
schlüssel.

Nachdem er geduscht und sich ein frisch erworbenes T-Shirt übergezogen hatte und er war ja zum allerersten Mal in Nola, wie die Einheimischen zu ihrer Stadt zu sagen pflegten, konnte er nicht umhin, noch einen
Gang über die Bourbon Street zu wagen.

Im *FRITZELS*, einer deutschen Bar blieb er dann doch etwas länger und
genoss so die ganze Atmosphäre des French-Quarters. Um Mitternacht
trudelte er wieder in seinem Motel ein und verschwand auch sofort in
seinem Zimmer.

Am nächsten Morgen, nach einem mittelprächtigen International-Break-
fast, was ja bei den Amis meistens nicht so hoch im Kurs stand, ließ er sich
in den Hafen chauffieren, ganz in die Nähe des zukünftigen Liegeplatzes
seines Dampfers.

*»Mal abwarten, was passiert! Wird wohl einen saftigen Tagebucheintrag
geben.«*

Mehr Gedanken machte er sich im Moment nicht über seinen kleinen
Ausflug.

Im Hafen, hier auf der Kaianlage war noch alles ruhig, keine Lines –
Leute zu sehen, geschweige denn Schauerleute und auf dem Wasser wa-

ren genügend Schiffe, aber keines das seinem Dampfer ähnelte. Kurz vor Mittag tauchte dann die *Leverkusen* im Dunst der Hafeneinfahrt auf. Die Lines – Leute waren nun vor Ort und empfingen den Frachter, um ihn an der Pier zu vertäuen. Die Gangway wurde heruntergelassen und als die Netzbrook sicher unter der Gangway befestigt war, ging Fiete als einer der ersten an Bord. Oben am Ende der Gangway auf dem Hauptdeck stand sein Kollege Heinz, der blickte ihn an und murmelte nur: »Na, du hast aber 'ne Brust. Freu dich man schon auf das Gespräch beim Alten.«

Fiete wollte Heinz gerade die passende Antwort geben, da stand urplötzlich der SBM vor ihm: »Hallo Fiete. Na, warst du noch in der Bourbon Street?«

Fiete blickte ihn, ohne ein Wort verlauten zu lassen, mit großen Augen an.

»Was soll das? Will er mit mir Smalltalk machen? Das ist doch wohl nicht der geeignete Zeitpunkt.« Aber da fuhr der SBM auch schon fort: »Na, ist ja auch egal. Geh man zügig in deine Kammer und zieh dich um und dann kommst du gleich wieder hierher zurück. Der Alte will dich sehen, sobald die Behörde von Bord ist. Ich gebe dir dann Bescheid.

Los jetzt, zisch ab!«

Fiete zog sich zügig um und wollte gerade wieder an Deck, da stand plötzlich Ursula vor ihm. Er blickte sie todernst an und meinte nur recht harsch: »Jetzt nicht!«, und wandte sich zum Gehen. Sie sandte ihm einen gekränkten, tieftraurigen Blick hinterher.

An Deck traf er dann wieder auf den Schiffsbetriebsmeister und dieser sagte nur, kurz angebunden: »Kannst jetzt zum Kapitän, die Behörde ist von Bord.«

Okay, also auf zum Kapitän. Er klopfte verhalten an die Tür und ein forsches »Herein« forderte ihn auf, einzutreten.

Der Kapitän sah von seinem Schreibtisch auf, hinter dem er saß, blickte Fiete an und zog seine Stirn in Falten. »Ach, Sie sind das. Kommen Sie herein und schließen Sie hinter sich die Tür.«

Dann wies er auf einen Stuhl, der vor dem Schreibtisch stand: »Setzen Sie sich, bitte.«

Er blickte Fiete noch einen kurzen Augenblick nachdenklich an, bevor er zu sprechen begann.

»Erklären Sie mir mal eins. Was um alles in der Welt ist denn in Savannah in Sie gefahren, dass Sie dort achteraus segeln mussten?«

Pause, Totenstille.

»Das gibt natürlich einen Eintrag ins Journal, das ist Ihnen doch wohl hoffentlich klar!

Menschenskinder, hier an Bord läuft alles Bestens und dann schießen Sie solch einen Bolzen.«

Der Kapitän starrte einen kurzen Augenblick auf seine Schreibtischplatte, bevor er fortfuhr: »So und von nun an keinen Scheiß mehr! Gehen Sie weiterhin ordentlich Ihrer Arbeit nach und lassen Sie die Finger von dieser Stewardess. Die bringt Ihnen nur Unglück!

Okay, jetzt raus hier, ich will Sie in so einer, oder einer ähnlichen Angelegenheit hier oben nie wieder sehen!«

Fiete verließ mit leicht hängendem Kopf und sehr nachdenklich das Büro des Kapitäns. Und er machte sich weiterhin so seine Gedanken zu dem soeben stattgefundenen Gespräch.

»Nun gut, dann werde ich mich auf der Heimreise mal am Riemen reißen und mich in jeder Hinsicht etwas zurückhalten. Zu Uschi werde ich eine gesunde Distanz aufbauen, ist bestimmt besser für alle Beteiligten.«

Nachwort

Einen herzlichen Dank sagen, möchte ich allen, die mich bei der Erstellung dieses Buches unterstützt haben. So geht mein besonderer Dank an meine Lektorin, Frau Verena Korinth, das Seemannsamt in Hamburg und an Herrn Wesselhöft und sein maritimes Lexikon.

Dieses Buch habe ich als Sammlung gestaltet.
Auf insgesamt 20 verschiedenen Schiffen bin ich in meiner Laufbahn als Seemann über die Weltmeere gefahren. Von diesen 20 Schiffen habe ich acht Dampfer ausgewählt und die Geschichten, die ich dort an Bord erleben durfte, sind in diesem Buch der Inhalt.

In diesem Buch werden nur Tatsachen wiedergegeben, ohne etwas zu beschönigen oder etwas hinzuzufügen. Alles was in diesem Buch niedergeschrieben wurde hat sich auch so an Bord der Schiffe oder an Land, zugetragen.

Die hier niedergeschriebenen Erlebnisse sind alle nur aus der Sicht des Matrosen Fiete zu verstehen.

Glossar

abgeladen = Das Schiff ist voll beladen.

anladen = Ein Schiff wird beladen.

anmustern = auf einem Schiff den Dienst antreten, anheuern.

abwettern = Verhalten bei schwerem Wetter seitens der Schiffsführung.

Achteraus = nach hinten, hinter dem Schiff.

Achteraus segeln = Verpassen der Abfahrt eines Schiffes durch ein Besatzungsmitglied.

Aufbauten = Bauteile über dem Hauptdeck des Schiffes, die von Bord zu Bord reichen; dagegen bezeichnet das Deckshaus oder Roof Bauteile, die nicht von Bord zu Bord reichen.

aufbrisen = Der Wind nimmt an Stärke zu.

Autopilot = Selbststeuerautomatik, Automatik.

Ausscheiden = Ende eines Arbeitstages an Bord, auch landläufig *Feierabend.*

all hands (engl.) = Alle Mann, bei schwierigen Manövern z. B.: schwerem Wetter, wenn alle Männer der Besatzung im Einsatz sein müssen.

Achterspring = Festmacher / Festmacherleine, der / die vom Heck aus schräg nach vorn zeigt. Kann an Land am selben Poller festgemacht sein, an dem auch die Vorspring fest ist.

anhieven, hieven = heben.

Ankerball = Kugelförmiger Signalkörper, vorgeschriebenes Signal für Ankerlieger.

Ankergeschirr = Sammelbezeichnung für Anker und Ankerkette eines Schiffes.

Ankerspill = Vorrichtung (Winde) zum Hieven des Ankers, wird von Hand, durch Dampf oder elektrisch betrieben.

Assi = hier E-Assi – Assistent des Bordelektrikers oder Ing.-Assi – Assistent eines Ingenieurs oder Assistent Nautik.

aufklaren = aufräumen, Ordnung schaffen, alle Arbeiten die an Bord der Ordnung dienen zum Beispiel: aufschießen des Tauwerks oder die Pantry aufräumen.

auf – und abbacken = Die Back (Tisch) decken oder abräumen.

Aufschießen = Ein Tau in Drehrichtung (meistens rechts herum) in lose Schlaufen gelegt, so das s es bei Gebrauch ohne zu verhaken und ohne Kinken abläuft.

Back = Esstisch, Essschüssel; Aufbau auf dem Vordeck eines Schiffes; alles, was sich auf der Back (Essen) befindet, gehört allen und jeder darf zugreifen.

Ballasttanks = spezielle Tanks, die mit Meerwasser gefüllt werden um zum Ausgleich der Schiffslage zu dienen.

Beiholer = Ein kurzer Stropp (Leine) dient zum heranholen oder Abhalten von Stehendem oder Laufendem Gut.

Backbord = linke Schiffsseite (von hinten gesehen), die Backbordseite wird immer rot gezeichnet.

Steuerbord zeigt immer grün.

Backskiste = eine in der Kammer eingebaute Sitzbank, mit einer durch eine Klappe von oben zugängliche Truhe (Kiste), zum Verstauen von persönlichen Gegenständen oder Teilen der Ausrüstung.

Ballast = wertlose Fracht, Totgewichte (Wasser, Sand, Gusseisen) zur Beeinflussung von Stabilität und Tiefgang bei Schiffen.

Baumaufholer = Ladegeschirr.

Barge = schwimmfähiger Ladungscontainer in Pontonform.

Blitz = seem. Abkürzung für den Schiffselektriker.

Bootsmann, Scheich = auf Handelsschiffen das für den Decksbetrieb verantwortliche seemännische Besatzungsmitglied. (Heute Schiffsbetriebsmeister, zuständig für Deck und Maschine).

Bootsmannstuhl = ein Sitzbrett an einem Fall (Tau), das für Arbeiten im Mast oder am Schiffsrumpf benutzt wird.

Bootsdeck = Das Deck zur Unterbringung der Rettungsboote.

brechen = das zerreißen von Draht, Tauwerk und Ketten beim Überschreiten der Bruchlast.

Brücke, Ruderhaus, Steuerhaus = Kurzform für Kommandobrücke.

Brückennock = an beiden Seiten der Kommandobrücke herausragende Anbauten.

Bullauge = (engl. Bulleye), kleines rundes Fenster in der Bordwand eines Schiffes.

Bulkladung = Schüttgut (Getreide, Erz, Kohle).

Colli = übergroße, meist sehr schwere Packstücke (sperrige Kisten, Maschinenteile, etc.).

Dampfer = Synonym für jede Art von Schiff (auch Segelschiff) unabhängig vom Antrieb.

Decksmann = der für Decksarbeiten eingeteilte (auch ungelernte) Seemann.

Decksladung = auf Deck gestaute Ladung.

Docker = longshoreman, Dock-Arbeiter, Hafenarbeiter, Schauermann. Männliche Personen die Schiffe be- und entladen.

durchholen = eine Leine schnell straffziehen.

einpicken = einhaken.

Faulenzer = Baumaufholer gleich Ladegeschirr.

fieren = Leine, Tau nachgeben oder eine Last mit einem Kran herunterlassen.

fier weg = Kommando zum herunter lassen einer Last.

Fitt = hölzerner Marlspieker.

Freibord = Abstand zwischen Schwimmwasserlinie und oberstem Deck (Freiborddeck) von Seeschiffen.

Freiwache, Freitörn = wachfreie, dienstfreie Mannschaft.

Fullbrass = An der Reling aufgehängte Mülltonne bzw., Müllsack; auch Fulbraß / Mülleimer.

Fußblock = Einscheibiger Block, bei dem eine Backe aufgeklappt und das Tauwerk in den Tauraum eingelegt werden kann. Er wird vorwiegend zur Änderung der Zugrichtung von laufendem Gut verwendet.

Gangway = der Landgangsteg des Schiffes.

Gangbord = offener Betriebsgang an beiden Seiten eines Schiffes.

Junggrade = Schiffsjunge (Moses), Jungmann, Leichtmatrose.

Kabelgatt = Raum zum Aufbewahren von Tauwerk und Farben auf Schiffen.

Kabelede, Kabegattsmann = verwaltet den Deckstore, meistens ein befahrener Matrose.

Kammerstunde = Tradition auf deutschen Schiffen den Samstagnachmittag dazu zu nutzen um die Kammer gründlich zu reinigen und um defekte Ausrüstungsteile zu reparieren.

Kausch, Kausche = Ring mit Holzrand, zur Verstärkung von Tau- und Seilschlingen.

Kochsmaat = im Wirtschaftsbereich zur Unterstützung des Kochs eingesetztes Besatzungsmitglied.

Koje = schmales, in die Kammer eingebautes Bett.

Kombüse = seemännische Bezeichnung für die Schiffsküche.

Kujampelwasser = früher vom Koch zubereitet, aus Frischwasser und eingerührter Marmelade bestehend.

Kujampel = auch abwertender Ausdruck in der Seefahrt für Fremdwährungen (Hartgeld).

laschen = das festzurren beweglicher Gegenstände, Ladung an Bord befestigen.

laufendes Gut = Tauwerk oder Drähte, die zum Auf- und Niederholen von Ladebäumen sowie anderer Arbeiten dienen.

Ladegeschirr = Einrichtungen, mit denen Güter an Bord bewegt werden (Bordkräne, Ladebäume, Winden).

Lasching = festgezurrte Gegenstände z. B. durch Taue, Drähte, Ketten etc., die das Verrutschen durch Seegang verhindern sollen.

Lose = eine nicht durchgesetzte Leine hat ›Lose‹.

Luke = Luk (mittelniederdeutsch, altsächsisch, lukan, ›schließen‹), durch meist feste Deckel verschließbare, kleinere Öffnungen (Niedergangsluke) oder mit losen Deckeln wasserdicht verschließbare große Öffnung im Deck zum Be- und Entladen eines Schiffes (Ladeluke).

Lukensüll, Lukenkimming = etwas 1 Meter bis mannshohe Umrandung der **Lukenöffnung,** als Süll.

Matrose = seemännisch ausgebildetes Mitglied der Schiffsbesatzung. Bei Handelsschifffahrt wurde 1984 die Ausbildung zum Matrosen eingestellt. Das Berufsbild < Matrose > gibt es nicht mehr. An dessen Stelle ist der Schiffsmechaniker getreten, mit einer Ausbildung für die Verwendung an Deck und an der Maschine.

Messjunge / Messbüdel = einer der Jüngsten an Bord eines Schiffes, schlägt die Steward Laufbahn ein.

mennigen = Rostschutz Farbe auftragen, Bleimennige, Farbton orangerot, heute streng verboten, die Farbe enthielt zu viele Krankheiten fördernde Substanzen.

Messe = Speise- und Aufenthaltsraum der Offiziere, Unteroffiziere und Mannschaften (Offiziersmesse, Mannschaftsmesse).

Mittschiffs = in der Mitte des Schiffes, zur Mitte des Schiffes hin; Mitte der Längs- oder Querschiffsrichtung.

Muck = (Mug, Mugge) Trinkbecher, meist aus emailliertem Blech.

Musing = Sicherung eines offenen Hakens gegen das Herausrutschen eines angehängten Auges usw.; eines Schäkels gegen selbstständiges Herausdrehen des Bolzens.

mustern = ansehen; auf Tauglichkeit untersuchen (z. B. für die Seefahrt).

Netzbrook = großes, grobmaschiges Netz. Wird aus Sicherheitsgründen unter der Gangway angebracht, gespannt.

Pantry = Anrichteraum an Bord von Schiffen, dient zur Aufbewahrung und zum Anrichten von Speisen.

Persenning = starkes Segeltuch zum Schutz und zur Abdeckung von Gerätschaften, Luken, Oberlichtern und Ladung.

Poller = kurzer, oben meist verdickter Pfosten aus Gusseisen oder Stahl, auf dem Schiffsdeck und an der Kai, zum Festzurren von Trossen (Festmacher) eines anlegenden Schiffes.

Poop – deck = hinterer Aufbau oberhalb des Hauptdecks von Schiffen; der erhöhte hintere Teil.

Pütz = Wassereimer aus Blech oder Holz.

Preventer = dickes Drahtseil, das den Ladebaum im Stellwinkel festhält (zusätzlich zur Gei), Teil des Ladegeschirrs.

Reling = Schiffsgeländer, offenes, festes, z. T. herausnehmbares oder klappbares Geländer als Begrenzung freiliegender Decks.

Relingstreppe = Zugang vom Schiff zum Schanzkleid an Deck. Sie wird über das Schanzkleid gehakt. Einseitig ist sie mit einem herausnehmbaren Geländer versehen.

Reede = (niederdeutsch), Ankerplatz in einer Bucht oder außerhalb des Hafens.

riggen = auftakeln.

Revier – fahrt = das Fahrtgebiet von Schiffen, z. B. Revierüberwachung durch Radar (Jade, Weser, Elbe und deutsche Bucht).

Ruder = Einrichtung zum Steuern eines Schiffes.

Rudergänger = der nach Anweisung das Ruder bedient.

Runner = Lastseil einer Winde, auch Windenläufer.

Sahling = Konstruktion, die Teile des Mastes miteinander verbindet und gleichzeitig eine kleine Plattform bildet.

Sack = seemännisch. Einen Sack bekommen, bedeutet so viel wie eine fristlose Kündigung erhalten.

Salon = Aufenthaltsraum für den Kapitän, des ersten Ingenieur und den ersten Offizier. Hier finden auch alle offiziellen Veranstaltungen statt. Empfang der Behörden, Besprechung mit Maklern, dem Schiffsagenten, usw.

Schäkel = mit Bolzen verschließbarer, u-förmiger Haken zum Verbinden von Ketten, Seilen, Tauen und Trossen; Ankerkette ➜ ein Schäkel gleich fünfundzwanzig Meter laufende Kette (hier Maßeinheit).

Schanzung, Schanzkleid = Schanz = im Gegenteil zur Reling eine feste, das freie Deck nach außen abschließende Schutzwand.

Schapp = kleiner Schrank, Gelass.

scheren = Tau durch einen Block ziehen.

Schiemannsgarn = dünnes, geteertes Tauwerk, Garn zum Umwickeln von Drahtspleißstellen.

162

Schietgang = ein Gang besteht immer aus vier oder sechs Leuten.

Die **Schietgang** übernimmt Arbeiten jeglicher Art.

Schwabber = anderer Ausdruck für Dweil, Reinigungsgerät aus altem Tauwerk zum Deckwaschen.

seeklar = das Schiff ist fertig zum Auslaufen.

Seetörn = Fahrt über die offene See.

Smietlien / Schmeißleine = Wurfleine.

Spleiß = (Spliß), durch Spleißen hergestellte Verbindung zweier (Seil-) Tauenden.

Spring = eine von Achtern nach Vorn bzw. von Vorn nach Achtern verlaufende Festmacherleine damit das Schiff auch ohne Einflüsse von Wind bewegungslos parallel zur Pier liegen bleibt.

Stauen = Be- und Entladen von Schiffsfrachten; Ladung raumsparend und seefest zu lagern.

Stelling / Stellage = an Seilen über der Bordwand hängendes Brettgerüst zum Arbeiten an der Außenwand des Schiffes.

Stropp = (Steert), Tau oder Stahltrosse mit Ring zum Hieven von Lasten .

Smutje / Smut = Schiffskoch (Smutt).

Spill = Winde mit senkrechter Achse; z. B. Ankerspill zum einhieven der Ankerkette (Trosse) oder eine Winde zum Verholen.

Schwell = (Swell), Dünung, Wellen, die Ausläufer von Stürmen die weitab vorbeigezogen sind.

Schwergutbaum / Jumbo = bordeigenes Ladegeschirr mit einer Tragfähigkeit von bis zu 500 Tonnen, heute auch wesentlich mehr.

Stückgut = (Frachtgut, Ladung); als Einzelstück abgefertigte Sendung z. B. Kisten, Kasten, Ballen, Fässer, Tonnen.

Törn = (niederdeutsch), seem. Slang; Zeitabschnitt einer Reise, einer Wache (z. B. Wachtörn, Seetörn).

Tangodiesel = Radio, Weltempfänger.

Tampen = (Ende, auch Tauende), jedes Tau oder jede Leine.

Tramp = Schiff ohne feste Route, das sich nach dem gerade vorliegenden Transportbedarf richtet (Trampschifffahrt).

tight = aus dem Englischen, fest, festzurren, strammziehen.

Unterraum = unterster Laderaum eines Schiffes.

Verholer = Slang; der Seemann macht in irgendeiner Ecke eine nicht genehmigte Pause.

Wachgänger = Brückenwache, Maschinenwache, Deckswache (bewacht das Schiff im Hafen).

Wachoffizier = (Abk. WO; z. B.: 1. WO, 2. WO, 3. WO,), nautischer Offizier, der für den Zeitraum seiner Wache eigenverantwortlich die nautische Führung des Schiffes übernimmt.

Whooling = Slang, seemännisch für wirres durcheinander von Tauwerk und Gerätschaften.

Winde / Winsch = Vorrichtung zum Heben, Senken und Heranziehen von Lasten.

Windenhaus = kurzes Deckshaus zwischen den Ladeluken auf dem Hauptdeck von Frachtschiffen.

Windhuze = drehbarer Lüfter an Deck mit trichterförmiger Öffnung.

Zimmerhook = die Zimmerhook ist die spezielle Werkstatt des Zimmermannes an Bord. Sie befindet sich zumeist im dem Vorschiff, unter der Back.

Ziehschein = Slang: eine bestimmte Geldsumme seiner Heuer auf das heimatliche Konto überweisen.

zutörnen = Slang = Mehrarbeit leisten.

Vom Autor bisher erschienen:

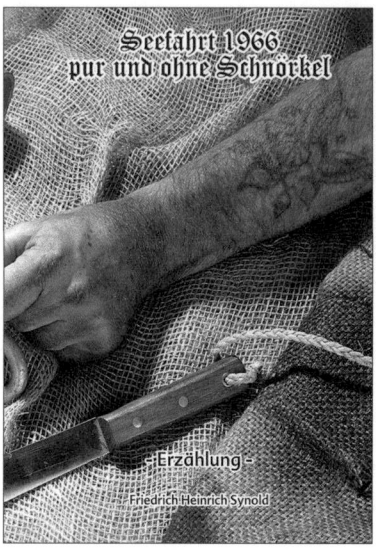

Seefahrt 1966 pur und ohne Schnörkel
ISBN 978-3-8334-4382-4

Dieses Buch erzählt über der Arbeitsalltag, des Decksmannes Fiete, auf einem Tanker. Es erzählt von Walen, fliegenden Fischen, den Traditionen der Seeleute und natürlich dem Duft der Tropen. Nicht zu vergessen der Landgang in der Karibik, der anders endete, als es sich der Decksmann Fiete ausgemalt hatte. Aber am Ende kamen er und seine Kameraden, doch unbeschadet, wieder in ihrem Heimathafen, in Hamburg an.

Friedrich Heinrich **Synold**
autobiografischer Roman

Seefahrt, Kümo 1969
Alles, ungeschminkt!

Seefahrt, Kümo 1969. Alles ungeschminkt!
ISBN 978-3-8482-3572-8

Decksmann Fiete hatte es geschafft und war in Hamburg auf einem Kümo, der »Libromadeira«, angemustert.

Dort wurde es dann doch härter und nicht ganz so einfach, wie er es sich in seiner Fantasie ausgemalt hatte. Trotz allem entstanden echte Männerfreundschaften, die auch durch das überaus merkwürdige Verhalten eines anderen Crewmitgliedes nicht erschüttert werden konnten.

Sie ritten auf der »Libromadeira« schwerste Stürme ab, wobei es Fiete so mulmig wurde, dass sogar erstmals wieder Gedanken an Gott in ihm aufkeimten.

Trotzdem trieben sie es mit den wildesten Mädels an Nord- und Ostsee. Die daraus resultierenden kurzen Nächte hielten sie nicht davon ab, morgens immer wieder einigermaßen fit an Deck zu erscheinen.

In Belfast gerieten Achim, Theo, Reinhard und Fiete in eine heftige Schlägerei, der sie durch Flucht entkommen wollten. Schnellstens versuchten sie in Achims parkenden Käfer zu gelangen. Da traf Fiete urplötzlich etwas Hartes an seiner rechten Schläfe und auf einen Schlag erloschen seine Lebensgeister.

War nun alles aus?

Für immer vorbei?

Caribbean feeling und ein uraltes, spanisches Grab
ISBN 978-3-7357-9988-3

Als Uwe, Kuddl, Carla und Klaus einfach mal wieder bei Maria und Pit in der Karibik Urlaub machen wollen, geraten sie in die Suche nach einem imaginären Schatz spanischer Konquistadoren. Dabei treffen sie mit gnadenlosen karibischen Piraten zusammen, die das Leben von Maria und Carla auf die brutalste Weise gefährden, woraufhin die ganze Angelegenheit zu eskalieren droht. Da sehen sich Uwe und Kuddl gezwungen, noch einmal tief in ihre schon vergessen geglaubte GSG-9-Trickkiste zu greifen. Manchmal helfen sie tatsächlich, die kleinen, fiesen Tricks!

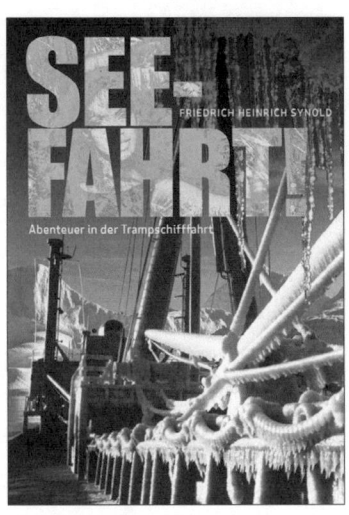

Seefahrt! Abenteuer in der Trampschifffahrt
ISBN 978-3-7392-7114-9

Nicht zu wissen, welcher Hafen oder welcher Kontinent demnächst angelaufen werden soll, das ist das Schicksal oder aber die Freude eines Seemannes, der ein Trampschiff sein Zuhause nennt. Das wollte Fiete und erreichte auch sein Ziel: Er stieg in Italien auf einem Tramper ein. Allerdings hatte er nicht erwartet, dass dort einige der heftigsten Erfahrungen seines Lebens über ihn hereinbrechen würden: angefangen mit leichten Ladungssprengarbeiten in Norwegen, einem Duschverbot nach Verlassen des englischen Kanals, sowie Pflanzkartoffeln-Laden in Kanada während eines Schneesturms.

So begann es auf der »Marie Reith«, und es sollte sogar noch besser kommen: verlockende Angebote Eingeborener am Strand von Puerto Cabello, viel Spaß in der Waagerechten mit einem hübschen Mädel in Brasilien und dann leider noch sein Notstopp in einer Klinik in Newport News. Allerdings wurde er dort von einer sehr kompetenten Krankenschwester bestens versorgt. In allen erdenklichen Belangen.

Die größte Überraschung erlebte Fiete aber nach dem Auslaufen aus Brasilien, als sie bereits wieder auf offener See waren.

Da stand »ER« urplötzlich vor ihm.

Diamantenfluch(t)! Showdown in Bergedorf
ISBN 978-3-7431-5906-8

Angola, Cocotaco-Mine 1971.

Im Jahre 1971 wird der größte Rohdiamantenfund aller Zeiten für die Cocotaco-Mine verbucht. Wert: zweihundert Millionen US-Dollar!

Teilhaber dieser Mine sind zwei skrupellose Diamantenhändler aus Antwerpen. Sie haben sich an der Börse verspekuliert und planen nun einen ganz besonders perfiden Coup: Sie heuern ein Söldnerteam an, das die Diamanten erbeuten soll. Dieser Raubzug gelingt mit Bravour. Auf der Flucht stürzt das Flugzeug über Südfrankreich ab. Nur drei der Söldner überleben, der Pilot und ein weiterer Söldner sterben bei dem Absturz. Die drei Überlebenden flüchten mit den Rohdiamanten nach Norddeutschland. Durch die Beziehungen des Team-Leader zum MI 6 können sie in Hamburg-Bergedorf ein sicheres Haus nutzen.

Dort kommt eine Frau ins Spiel, die die feinen Herren auf ihrer Flucht kennengelernt haben.

Allerdings können sie nicht ahnen, dass der Vater dieser jungen Frau als Hauptkommissar bei der Hamburger Polizei beschäftigt ist. Und dann beginnen die Dinge in Fluss zu geraten, und die Ereignisse überstürzen sich.

Seefahrt! Von Knochenbrechern, rosa Delphinen und wilden Weibern
ISBN 978-3-7494-4050-4

Die »Seefahrt« führt den jungen, jedoch bereits erfahrenen Matrosen Fiete, gebürtigen Hamburger auf eine Reihe von Abenteuern durch die Weltmeere unserer Zeit. Auf der Route von Marseille, wo die Reise für ihn beginnt, kommt das Schiff in verschiedenen Häfen zum Liegen und kehrt am Ende nach Deutschland, Bremen zurück, wo Fiete das Schiff nach achtmonatiger Arbeit und Reise verlässt. Neben der Arbeit erlebt Fiete nicht nur die ein oder andere angenehme Überraschung, sondern sieht sich auch verschiedenen brenzligen Situationen gegenüber.

Von der Schönheit der Natur bis hin zu den weiblichen Naturschönheiten, und was dazwischen liegt, ist alles dabei. So manches Mal brachte der Morgen nach einer durchzechten Nacht erst Licht ins Dunkel und Fiete ließ in solchen Nächten nicht nur Haar, sondern zweifelte ernsthaft an seinem Frauengeschmack. Er findet auf den Reisen tatkräftige Unterstützung bei seiner Clique, die sich im Laufe der Zeit bildet. Die Jungs winden sich nicht nur gemeinsam aus einer Handvoll Schlamassel, die sich zum Teil um lebensrettende Maßnahmen drehen, sondern genießen auch ausgiebig die freudigen Seiten des Lebens, sei es nur bei einer der vielen Smoke-Time, einem Bier zum Feierabend oder beim Landgang in den Rotlichtvierteln der Hafenstädte.

Betrachte Fietes gesamte Seefahrtzeit auf:
www.perlduekkers-seefahrt.de